KB061127

저지르고 후회해도
결국엔 다 괜찮은 일들

✱ 단지 글을 쓰는 사람의 삶 근처에 잠시 머물렀다는 이유만으로 '글감'이 되는 것에
난색을 표할 분들도 계시리라 생각되어, 주변 인물들의 신상정보와 관련된 부분은
그 풍경의 의미를 훼손하지 않는 선에서 일부 각색하였습니다. 양해 부탁드립니다.

저지르고 후회해도
결국엔 다 괜찮은 일들

이소연 지음

contents

2장 ❀ 문득 마주치는 어떤 사소한 순간

3장 ✿ 언제부터 어른이라고 할 수 있을까

4장 ✿ 그래도······ 꽤 괜찮은

비가 내렸다. 갑작스러운 비였다. 나는 급하게 지나가던 택시
를 잡아서 올라탔다. 좀 걷고 싶었는데 왜 이렇게 되는 일이 없
어, 나도 모르게 혀를 찼다. 뒷좌석에 앉아 멍하니 창유리를 타
고 흐르는 빗물을 보다가 불현듯, 이런 생각이 들었다.

지금이 너를 만나러 가는 길이었으면 좋겠다.

마지막으로 너를 본 후 오랜 시간이 흘렀다. 순간 나는 네가
몹시 보고 싶었다. 나에게 다시 네가 그리운 순간이 올 줄, 그때
나는 상상도 하지 못했다.

제대로 풀지도 못한 감정이 속에 쌓여가다 폭발했을 때 너는
순식간에 시시해져버렸고, 나는 미련 없이 마음을 접었다.

그게 끝이었다.

너무나 당연해서 좀 섭섭하기까지 했던 우리의 끝…….

그런데 이젠 다 괜찮아진 모양이다. 세상에, 지금이 너를 만
나러 가는 길이었으면 좋겠다니.

아마 너와의 만남도 내가 저지르고 후회했던 일 중 하나일 것

이다. 애초에 시작도 하지 말걸, 혼자 있던 카페에서 분해서 심장이 쿵쾅거렸었다. 컴퓨터처럼 관계를 리셋할 수 있다면 아무것도 아닌 '없음'으로 설정하고 싶은 사람이 너였다.

그런데 지금은 괜찮다, 다 괜찮다, 지금 네가 그리울 정도로. 너와의 순간들을 잊은 것도, 지운 것도 아닌데, 평온하게 너를 추억할 힘이 생겼다.

문득 이런 생각이 들었다.

네가 없는 나의 일상은, 어쩌면, 너와 함께였던 그 순간의 풍경이 떠받치고 있는 것이 아닐까. 지금의 내 삶은 지난 생의 순간들이 쌓여 이루어진 것일 테니까, 삶을 밀어가는 힘은 '순간'에 있는 건지도 모르겠다.

그래서 느닷없이 짧은 비가 내린 어느 날, 그런 장면들 중 하나가 유리에 비친 잔상처럼 스윽, 모습을 드러내는 건지도.

이봐, 나 여기 있어. 네가 지나왔고 이제는 너의 일부가 되어버린, 네 삶의 순간 말이야.

그런 순간에 대해 썼다. 이전에 내가 지나왔고 어느새 나의
일부가 되어버린 인생의 장면들에 대해서.

그 풍경들은 다양하다. 좋았던 적도, 나빴던 적도 있었다. 기
뻤던 적도, 슬펐던 적도 있었다. 그 장면들 사이를 나는, 대체로
저지르고 후회하면서 걸어왔으며, 지금 이 순간도 그 길을 지나
고 있는 중이다. 그러면서 나는 지금의 내가 정말로 '괜찮다'는
사실이 새삼 경이롭다.

이 길 위에서 정말 많은 이야기들이 있었는데도, 날카로운 칼
로 도려내고 싶을 만큼 괴로운 순간까지 포함하여.

그런데도, 지금 나는, 심지어 콧노래를 흥얼거리며, 여전히
걷고 있지 않은가.

그러므로 이 글은, 한때 내 전부였던 연인이 무심코 내보인
차가운 표정에 대한 것인 동시에, 어둡고 질척이는 바닥에 선

내 앞에 내밀어진 낯선 손의 따뜻함에 관한 것이기도 하다.

또한, 때로 좌절하고 때로 위로받겠지만 결국엔 다 괜찮을 거라는, 삶이 주는 약속 같은 것이기도 하다.

그 모든 순간을 지나, 그 모든 감상을 품고, 현실의 나는 무사하니까.

그러니 우리 모두, 결국에는, 안전할 거라고.

어떤 시간을 보냈더라도, 무슨 일이 있었더라도, 결국에는 다 괜찮을 거라고.

✿

　알아주기를 바라는 것…….
항상 문제는 거기서 시작되는지도 모른다.
　　즉, 너에게 특별한 무엇이 되고 싶은 바람.
　　　그리고.

우리는
　　지금
어디쯤에
　　있을까

얼음

::: **그 리 움 , 녹 아 사 라 질 때 까 지**

우리가 만나던 시절, 그는 가난했다.

이놈의 가난, 지긋지긋해.

그는 유머러스한 남자였고, 그런 말조차 익살스럽게 했다. 그럴 때 우리는 마주 보고 크게 웃곤 했다. 멋있는 남자였다. 그의 머리 뒤에서 후광이 비치는 걸 본 적도 있다. 아무래도 나는 그를 많이 사랑했던 것 같다.

그가 사는 곳에 가끔 들렀다. 같이 밥을 먹기도 했다. 그는 오이소박이와 김을 좋아했다. 밥상이 없어서 박스를 엎어놓고 밥상처럼 썼다. 그는 가난했으니, 없는 건 밥상 말고도 많았다. 가끔 나는 내 형편에서 살 수 있는 작은 것들을 사서 들렀다. 부엌

용 가위, 플라스틱 컵, 초코파이 한 상자 같은 것들. 그는 초코파이를 냉동실에 얼려두고서 비상식량으로 이용했다. 얼린 초코파이 두 개면 아침 대용으로 그럭저럭 괜찮다고 했다.

초코파이는 얼려야 맛있거든.

그의 말을 들으면 정말 그럴 것 같았다. 그에게 말하지는 않았지만, 그때의 나도 얼린 초코파이를 즐겨 먹었다. 아무래도 나는 그를, 아주 많이 좋아했던 것 같다.

여름이면 그는 커다란 아이스커피 믹스묶음을 집에 구비해두었다. 그는 아이스커피를 즐겨 마셨다. 작은 냉장고의 냉동실에서 얼음을 꺼내 아이스커피를 만들었다. 가끔 얼음만 와그작와그작 씹어 먹기도 했다. 냉동실에 있는 두 개의 얼음통은 금방 비었다. 그의 집에 들를 때마다 냉동실을 열어 얼음이 남아 있나 확인하고 얼음통에 물을 채워두는 것이 내 일이었다.

얼음을 빼 먹은 만큼 물을 채워놔야지 왜 매번 빈 얼음통이냐고 잔소리를 했다. 그러면서도 내가 얼려둔 얼음을 내가 없을 때 그가 먹을 수 있다는 게 얼마나 기뻤는지 모른다. 전기세 때문에 에어컨은커녕 선풍기도 잘 틀지 못하는 그가 냉동실에 가득 있는 얼음을 양껏 먹을 일을 생각하면 가슴이 뭉클할 지경이었다.

물을 얼리는 것, 그토록 사소한 행위가 당시 내가 그를 위해

했던 사랑이었다. 사랑은 그토록 사소하게 표현된다. 그 사소함 안에 엄청난 행복감이 있다. 그것이 중요하다. 나는 그로 인해 사소한 사랑의 기쁨을 알았다.

그와 한참 동안 만나지 못할 일이 생겼다. 마지막으로 그의 집에 들러서 냉동실에 초코파이 상자를 넣어주고, 얼음통 두 개 – 역시나 비어 있었다 – 에 물을 가득 채워 넣었다. 정말로 한 개의 얼음도 남지 않아서 스스로 이 통에 물을 채워야 할 때까지, 두 통의 얼음으로 그가 얼마나 버틸 수 있을까 생각했다.

괜히 코끝이 찡해져서 얼음을 꺼내 먹는 대로 물을 채워 놓으라며 늘 하던 잔소리를 했다. 한시적인 이별이라 믿었으므로, 쿨해야 한다는 것을 무슨 지상명령인 양 여기던 시절이었으므로, 그날도 평소와 다르지 않게 헤어졌다.

얼마 후 그의 메일이 도착했다. '잘 지내냐, 나는 잘 지낸다' 류의 심상한 안부 뒤에 붙은 마지막 두 문장.

얼음은 맨날 뽕뽕 빼 먹어서 이제 얼마 안 남았어. 보고 싶다.

그는 얼음을 꺼낼 때마다 내 생각을 했나 보다. 나도 가끔 상상을 했다. 얼음은 얼마나 남았을까. 마침내 그가 스스로 얼음통에 물을 채워야 할 순간이 왔을 때를 떠올리면, 마치 그와 헤어진 듯 가슴이 쓰려왔다.

그런데 정말 얼음이 얼마 안 남았구나……

그 생각은 불길한 예고처럼, 우리의 진짜 이별이 임박했다는 사인처럼, 내 안에서 울렸다. 그래서 미친 듯이 그가 보고 싶었다. 아마 그도 그러했으리라 믿는다. 그가, 얼음을 채워주던 내 마음을 알고 있었으리라 믿는다. 그것이 나의 '그토록 사소한 사랑'이었음을 그가, 이해했다고 믿는다. 그래서 그는, 폭풍처럼 몰아친 내 잔소리에도 굴하지 않고, 매번 내가 채워줄 때까지 빈 얼음통을 고수해 왔던 것이 아니겠는가.

그러니까, 얼음통을 채웠던 내 마음만큼, 얼음통을 비워두었던 그의 마음 또한 사랑이었을 거라고. 그러니 내가 미친 듯이 그가 그리운 지금, 아마 그도 미친 듯이 내가 그리울 거라고.

참 이상한 일이지만, 예감은 종종 현실이 된다. 그와 나는 진짜로 헤어졌다. 사랑하지 않아서가 아니었다. 그냥 그럴 수밖에 없는 상황이 됐다. 오히려, 사랑해서였을 수도 있다. 서로의 앞날을 배려해 주는 마음이 깔려 있었다. 나쁘게 헤어진 게 아니어서, 그리움은 쉽게 사라지지 않았다.

싸우고, 실망하고, 할퀴고, 그래서 서로의 더러운 바닥까지 보고 난 후의 이별은, 환멸은 클지언정 그리움에 몸부림칠 필요는 없다. 그러나 그와 나의 경우는 반대였다. 그는 여전히 좋은 남자였을 뿐 아니라, 내가 좋아하는 남자였다. 단지 우리가 더 이상 애인이 아니었을 뿐이었다. 그래서 나는 아주 오랫동안 그를 그리워해야 했다.

냉동실의 얼음통을 채워놓을 때마다 나는 그를 생각했다. 얼마 남지 않은 얼음을 보며 나를 생각했던 그를 생각했다. 그의 메일을 읽으며, 비어가는 얼음통을 떠올리며, 가슴이 덜컥하던 느낌을 기억했다. 나는 혼자서 그런 시간을 오랫동안 견뎌야 했다. 아마 그도 그러하리라는 생각이 조금 위로가 되었다. 열이 많은 체질의 그가 얼음을 와그작거릴 때, 잠깐이라도 나를 그리워할 거라는 생각이.

그사이 나는 몸이 아팠다. 한의원을 제집 드나들듯 들락거렸다. 나의 체질은 그와 반대였다. 몸이 찬 나에게 얼음은 금기였다. 찬 음식은 나에게 독과 같다는 주의가 주어졌다. 나는 주의 사항을 잘 지키는 모범생이었다. 아니, 모범생이 아니었다 해도, 몸이 너무 아팠기 때문에 일단은 의사가 시키는 대로 했을 것이다.

여름이라고 다를 것은 없었다. 도리어 바깥이 뜨거우면 속이 차가워지기가 쉬워서, 오히려 여름에 더욱 그래야 한다고 했다. 찌는 듯한 더위에도 뜨거운 커피만 마셨다. 얼음을 얼릴 일도, 얼음을 넣어 아이스커피를 만들 일도, 커피 속 얼음을 와그작거릴 일도 없었다.

나의 실연은 나의 삶에서 얼음이 빠져나가는 과정과 겹쳐졌다. 아이스커피의 맛이 더 이상 그립지 않을 무렵, 그에 대한 기억도 희미해졌음을 문득, 깨달았다.

전해들은 이야기에 따르면 그는 이제 가난하지 않다. 자랑스럽게도 한때 내가 좋아했던 남자답게, 남자를 보는 내 안목이 부끄럽지 않게 자기 분야에서 성공적인 행보를 이어가고 있다. 그가 앞으로도 잘나갈 거라는 사실을 나는 안다. 그는 가난 속에서도 유머를 잃지 않았던 멋진 남자였으니까.

그는 지금도 얼음을 와그작거리며 나를 생각할까. 아마 아닐 것이다. 그래도 섭섭하지는 않다. 나 역시 그를 떠올리는 일이 드물어졌고, 그가 생각이 나도 예전처럼 마음이 따끔하지는 않으니까. 이제 그는 자신의 집 안에, 컵만 가져다 대면 찬 얼음이 와르르 쏟아져 나오는 고급 얼음 정수기 정도는 구비했을 테니까. 혹 지금 그의 옆에는 종알거리며 아이스커피를 만들어주는 귀엽고 착한 여자가 있을지도 모를 일이다.

당연하다. 그렇게 한 시절이 지나가는 것이다. 못 견디게 그리웠던 그 남자의 얼음 씹는 소리가 잊히는 것처럼, 얼음이 녹아 흔적도 없이 사라지는 것처럼.

홍시

::: 혼자 여행, 온 세상과 만나는

역마살은 타고난 건지, 멀쩡히 잘 지내다가도 갑자기 어디론
가 내달리곤 했다. 그때의 목적지는 해남 땅끝마을이었다. 특별
한 이유는 없었다. 그저 '땅끝마을'이라는 지명 때문에. 땅끝마
을이라니, 땅의 끝이라니! 기왕 가는 것, 끝을 한번 보고 싶은
마음이었달까.

토요일 이른 아침에 출발했다. 고속도로가 막히는 것은 질색
이었다. 내키는 대로 떠난 여행인데, 탁 트인 길이 어울리지 않
겠는가.

땅끝마을답게, 가는 길은 길었다. 운전대를 잡은 채 풍경을
흘려보내는 일 말고는 할 일이 없었다. 오랜만에 내 작은 차 안

에서, 시시한 잡념에서 놓여나 온전히 나만의 시간과 공간을 가질 수 있었다.

땅끝마을 근처 바닷가에 차를 세웠다. 모텔 하나가 덩그러니 서 있었다. '이곳에서 숙박을 하고 내일 땅끝마을로 들어가면 되겠지' 싶었다. 체크인을 하고, 방에 짐을 풀어두고서 바닷가로 나왔다. 뺨에 와 닿는 바람이 쌀쌀했지만, 나는 몸을 옹송그린 채 꽤 오래 거닐었다. 비수기의 바닷가에는 나 혼자뿐이었고, 모텔에 묵는 손님도 거의 없는 듯했다.

어두워질 무렵 돌아와 방을 둘러보았다. 작고 깔끔한 방이었다. '이 소박한 공간에서 무엇을 해야 할까. 일단 씻고 나서 침대 맡에 베개를 괴어두고 TV나 실컷 보아야지' 하던 차에 똑똑, 노크소리가 들렸다.

누굴까? 이 낯선 곳에서 내 방문을 노크하는 사람은…….

문을 열어보니 모텔 주인아주머니가 접시를 내밀었다. 접시 위에는 홍시 두 개가 얌전히 놓여 있었다.

"감이 아주 달아요. 아가씨한테 뭘 드려야 하나 생각하다가…… 원래 고구마가 있었는데, 오늘 다 떨어졌어. 그래서 생각해 보니 옥상에 얼려놨던 감이 있네. 보기엔 이래도 아주 달아요. 씻어 왔으니까 그냥 드세요."

감사하다 말하고 받아 들었다. 마음이 짠했다. 침대 위에 접시를 올려두고 한참을 보았다. 아주머니가 옥상에 얼려두었던 홍시 두 개……. 왠지 눈물이 날 것 같았다. 이런 다정함을 일상 안의 나는 잊고 지냈나 보다. 나의 일상은 대체로 차갑고 건조했나 보다. 아주머니의 소박한 친절에 나는 울컥, 내 마음의 귀퉁이가 녹아내림을 느꼈다.

아주 오래전, 로마로 가는 비행기 안에서 알랭 드 보통의 『여행의 기술』을 읽었다. 스스로도 왜 내가 자꾸만 혼자 여행하는지의 이유를 잘 모르던 때였다. 그저 생활을 하다가 어느 순간 불현듯 속에서 정체 모를 불덩이가 치밀면, 멀든 가깝든 낯선 곳을 향해 떠나야 했다.
보통은 이렇게 쓴다.

어쩌면 우리가 슬플 때 우리를 가장 잘 위로해 주는 것은 슬픈 책이고, 우리가 끌어안거나 사랑할 사람이 없을 때 차를 몰고 가야 할 곳은 외로운 휴게소인지도 모른다.

정말 그랬다. 위로가 필요할 때 나는 혼자 떠났다. 또한, 보통이 쓴 대로, 새로운 사유나 발상의 전환이 필요할 때도 나는 혼자 떠났다.

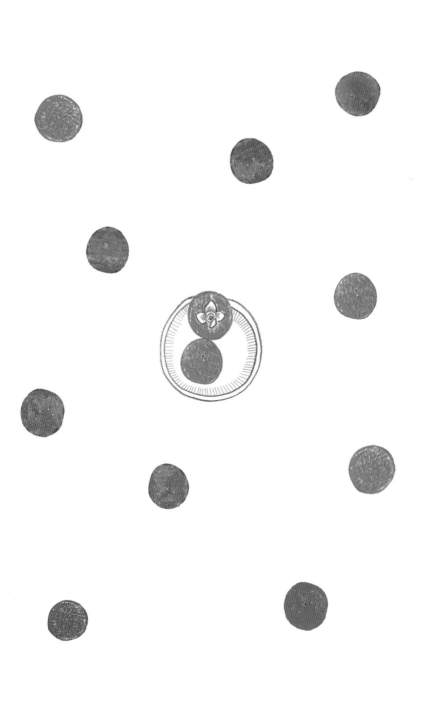

여행은 생각의 산파다. 움직이는 비행기나 배나 기차보다 내적인 대화를 쉽게 이끌어내는 장소는 찾기 힘들다. 우리 눈앞에 보이는 것과 우리 머릿속에서 떠오르는 생각 사이에는 기묘하다고 말할 수 있는 상관관계가 있다. 때때로 큰 생각은 큰 광경을 요구하고 새로운 생각은 새로운 장소를 요구한다. 다른 경우라면 멈칫거리기 일쑤인 내적인 사유도 흘러가는 풍경의 도움을 얻으면 술술 진행되어 나간다.

그리고…… 대체로 나는 '혼자 있고 싶어서' 떠났다. 의외로 일상 속에서 온전히 혼자이기는 쉽지 않다. 어쩔 수 없이 연루되어야 하는 일과 사람들, 걱정거리들이 나를 놓아주지 않으니까. 평정심을 유지하려 하지만, 당장 눈에 보이고 귀에 들리는 것들과 거리감을 유지하며 객관적 시선을 갖는 게 쉬운 일이 아니다. 게다가 나는, 작은 바람에도 온 바다가 출렁거리는, 아주 얄팍한 멘탈의 소유자니까.

혼자 하는 여행, 즉 물리적인 거리를 갖는 것은 확실히 내 모습을 객관적으로 조망하는 데 도움이 된다. 혼자 하는 여행에서는 보다 진실된 내 모습과 만날 가능성이 높아진다고도 말할 수 있을 것이다. 낯선 곳에서 내가 가진 각종 포장들, 그러니까 내가 어떤 학교를 나왔고 어떤 직장을 다니는가 하는, 평소에 나를 설명하는 데 사용하던 요소들은 아무 의미가 없어지기 때문이다.

나는 익명성의 자유를 보장받는 대신, 나를 둘러싼 숱한 이름들을 걷어내고 나서도 남는 '나를 진짜 나답게 하는 요소'가 무엇일까를 고민해야 한다. 그러고 나면 좀 더 강해지는 것도 같다. 스스로 온전히 내 삶을 책임질 수 있는 독립적인 존재에 한 발자국 다가선 듯한 기분이 든다. 그래서 혼자 하는 여행이 힘들고 외로워도 나는 자꾸만 떠나는 건지도 모른다.

동어반복같지만, 혼자 떠나는 이유는 혼자이고 싶어서다.

그런데 접시 위에 놓인 홍시 두 개를 보면서, 나는 혼자 하는 여행의 다른 측면을 깨달았다. 혼자 하는 여행은 세상과 분리되는 것이 아니라, 세상과 연결되는 경험이라는 점. 세상 어디에도 나와 비슷한 사람들이 살고 있으며, 대개의 사람들은 낯선 이방인인 나에게 친절하다는 점.

사람들이 나에게 친절한 이유가, 흔히 하는 말로 '사람 사는 정'이라는 생각이 들면서, 나는 친절함은 인간의 본성이라는 것을 알았다. 모텔 주인아주머니가 대가를 바라고 내게 홍시 접시를 내민 것은 아닐 테니까. 그건 그냥 사람의 마음인 거다.

혼자 다니다 보면 필연적으로 '낯선 타인들'과 마주치게 된다 (평소에 우리가 낯선 이들과 교류할 일이 얼마나 있는가). 낯선 사람들에게 길을 물어야 하고, 낯선 사람들에게 정보를 얻어야 하

고, 때로는 낯선 사람들에게 아무에게도 말 못 했던 깊은 속이
야기를 털어놓기도 한다. 익숙한 사람들에게 둘러싸여 있을 때
는 느끼지 못했던 타인들의 존재에 민감해진다. 결국 사람은 혼
자 살 수 없으며, 다른 사람들과 어울려 살아가야 하는 존재임
을 깨닫는다.

얼마 전 휴가를 떠났던 이스탄불의 공항에서 나는 좁은 에스
컬레이터 앞에서 커다란 수트케이스를 어쩌지 못해 쩔쩔매고
있었다. 그때 지나가던 한 금발의 남자가 아무 말 없이 내 수트
케이스를 번쩍 들어 에스컬레이터 위쪽까지 올려다 주었다. 고
맙다는 인사에 그는 '뭘 이 정도로' 하는 표정으로 씩 웃더니 등
을 돌려 사라졌다.

나는 이름도, 국적도, 나이도 모르는 이 남자에게 강한 친밀
감을 느꼈다. 그의 멀어지는 뒷모습을 한참을 지켜보면서, 나는
해남의 홍시 두 개를 떠올렸다. 아주머니가 그랬었지.

보기엔 이래도 아주 달아요.

아주머니의 말이 맞았다. 감은 정말 달았으니까. 입에서 사르
르 녹았으니까.

생각해 보니, 여행 중에 헤매다가 지나가는 사람을 붙잡고 길
을 물어볼 때 흔쾌하게 응하지 않는 사람을 거의 본 적이 없는 것
같다. 내가 운이 좋아서였을까? 아니다.

어느덧 혼자 여행 15년차에 접어든 내 경험에 따르면, 사람은 원래 친절한 존재다. 그 친절을 통해 우리는 서로 연결된다. 그리고 혼자 하는 여행을 통해 나는 세상과 연결된다.

스타일

빵 터졌다.

포털의 사전에서 '패션테러리스트'가 떡하니 검색이 될 줄은
몰랐다. 이렇게.

흔히 다른 사람이 보기에 이상하거나 지나치게 꾸며서 전혀 어울리
지 않는 옷을 입거나 헤어스타일을 가지고도 전혀 부끄러워하지 않
거나 떳떳하고 자신감을 가지고 당당하게 생활하는 사람들을 일컫
는 말.

활용된 예문도 있다.

A: 저 아줌마 봐봐.

B: 완전 패션테러리스트다.

　내가 20대일 때 저 단어가 있었다면, 그 주인공은 나였을 거라는 데에 500원을 건다. 일단 꾸밀 돈이 없었고, '겉모습이 뭐가 중요해!'라는 오만함까지 있었다. 빼어난 외모도 아닌 주제에…….

　아르바이트 가던 길거리의 옷가게에서 만 원짜리 청바지를 사서 오래도록 입었다. 과 단체 티셔츠나 학교 축제 티셔츠는 내 스타일의 단골메뉴였다. 지금 돌이켜보면 얼굴이 화끈거릴 정도로 무신경한 차림이었는데, 무던한 성격의 당시 남자친구조차 "저기…… 나는 괜찮지만……음……너는…… 너무 수수하잖아"라고 돌리고 돌려 말했던 적도 있다.

　나는 특유의 오만함으로 껄껄 호방하게 웃으면서 "내가 좀 수수하긴 하지" 하며 그의 말을 받아 넘겼다. 그 순간 그의 마음이 얼마나 허탈했을지 생각하면 참 미안하다.

　('옷 좀 잘 입어' 대신 '너무 수수하다'라는 말을 고르기 위해 그는 참 많은 표현을 뒤적거렸겠지. 그 말을 칭찬으로 알아들은 나의 함박웃음은 그의 배려와 노고를 한방에 허공으로 날려버렸을 것이다. 이 자리를 빌려 그에게 사과하고 싶다. 그가 이 글을 읽을지는 알 수 없지만. 구차하지만 작은 변명 하나를 덧붙이자면, '그땐 나도 어렸잖아'.)

그러다 취직을 했다. '월급'이라는 놈이 한 달에 한 번 꼬박꼬박 찾아와주는 삶의 시작이었다. 방송국은 정장이 필요 없는 일터였고, 대개의 직원들이 캐주얼 차림이었다. 그래서 처음에는 나도 입사 전과 크게 다르지 않은 차림새를 고수했다. 그 쇼핑 전까지는……

사무실에서 무심코 나와 눈이 마주친 선배는 성큼성큼 다가와 나를 위아래로 훑어보더니 말했다.

"오늘 퇴근하고 뭐 하니?"

"네? 별일은 없는데요."

"그럼 이따 같이 나가자."

"네?"

정말 딱 6시가 되자, 선배는 나를 데리고 나와 자기 차에 태우고 어디론가 운전해 갔다.

어머나, 이건 무슨 시추에이션?

"저…… 선배님, 그런데 지금…… 어디로…… 가시는…… 건가요?"

이어진 선배의 간결한 대답.

"백화점."

"에에?"

선배는 나와 함께 백화점을 돌며 내 옷을 골라주었다. 오해는 금물! 물론 계산은 내가 했다. 그가 고가의 옷을 척척 카드로 사주는 백마 탄 왕자님은 전혀 아니었다는 뜻이다. 오히려 그는 다소 건조하게 나를 안내했고('이 브랜드 괜찮겠다', '이쪽에서 네 맘에 드는 걸 한번 골라 봐') 품평했고('그건 좀 아닌 것 같은데?', '촌 스럽지 않냐?') 그렇게 한 시간여의 쇼핑을 정신없이 마친 내 손에는 몇 개의 쇼핑백과, 모두 합해서 당시 수습 딱지를 떼지 못했던 내 월급의 반에 육박하는 영수증들이 들려 있었다.

태어나서 제일 많은 돈을 옷값으로 지불한 날. 그러니 그날의 쇼핑에서 내가 배운 최초의 교훈은 '옷에 이렇게 많은 돈을 쓸 수도 있다'였으려나.

사실 지금도 자신의 시간을 빼내 나에게 '쇼핑'을 경험하게 해 준 그 선배의 진의를 잘 모르겠다. 그 뒤로 단 한 번도 물어본 적이 없으니까.

아무튼 그 이후부터 나는 쇼핑의 재미에 빠지기 시작했다. 그 동안 스타일에 너무 신경을 안 쓰고 산 덕에 늦바람이 분 건지도 모른다. 이런저런 것들을 시도해 보고 나한테 맞는 스타일을 찾는 일은 은근 재미가 있었다. 너무 많이 생각하는 성격 탓인 지 주변인들을 허걱하게 만들 만큼 과감한 스타일은 여태 시도하지 못했지만.

하이힐에 꽂혔을 때는 8~10센티미터짜리 힐을 바꿔가며 신고 다녔다. 발목의 그 무리를 어찌 감당했는지, 지금은 상상도

못 하겠다.(운동화로 갈아탄 지 벌써 3년째.) 라식 수술을 한 다음에 선글라스에 꽂혔을 때는 길을 가다가도 선글라스 매장만 보면 일단 들어가봐야 직성이 풀렸다. 품목 말고 색깔에 꽂힌 때도 있다. 노란색에 꽂혔을 때는, 노란 가방을 찾으러 한나절을 헤맨 적도 있고, 빨간색에 꽂혔을 때 거금을 주고 산 티셔츠는 너무 튀었던 나머지 몇 번 입어보지도 못하고 역사 속으로 사라졌지만.

아무튼 한참 '내 스타일 찾기'에 집착하던 중, 드디어(?) 주변에 나를 따라하는 사람이 출현했다. 패션의 '패' 자도 모르던 나를, 이제는 누군가 벤치마킹(?)까지 하다니, 이건 기분 좋아 마땅할 일이야,라고 처음에는 생각했다.

……'처음에는' 그랬다는 거다.

시차를 두고 누군가 나와 비슷한 차림으로 나타난다는 사실은 묘하게 신경을 긁었다. 의외로 스트레스를 유발하는 상황이었다.

우선 그녀가 나를 따라하는 게 맞는지를 확증할 수가 없었다. 심증은 있으나 물증은 없는 상황, 딱 그거였다. 똑같지는 않고 비슷한, 얼마간의 시간차 공격(?), 누가 봐도 확연히 티가 나는지는 잘 모르겠고 '적어도 나는 확실하게 느낄 수 있는' 정도의 따라하기에 대하여, 왜 나를 베끼느냐 따지고 묻는 것도 우습지 않은가?(난 정말, 공주병이 아니랍니다.)

그보다 더 거슬렸던 것은, 뭔가 비슷하게 입고 오긴 하는데 그게 영 내 마음에 들지 않았다는 거다. '따라하려면 제대로나 하지'의 상황이었다고나 할까. '같은 옷 다른 느낌' 사진들처럼.

'오호, 이 정도면 꽤 괜찮지 않나? 신경 쓴 티도 안 나면서 은근 세련됐잖아'라고 거울 앞에서 홀로 으쓱했던 내 느낌은, 유사한 모습의 그녀가 내 시야에 들어오면 와장창 박살이 났다. 며칠 전의 내가 이렇게 촌스러웠을 수도 있었다는 가능성을 누군가 내 눈앞에 바로 대고 흔들어대는 것도 같았고, 애써 찾은 나의 개성을 도둑맞은 듯한 모욕감마저 들었다.

나의 괴로움을 아는지 모르는지, 그녀는 꽤 오랜 시간 나를 따라했다. '어어? 이쯤 되면 좀 무섭잖아?' 하는 생각이 들 때까지. 그녀가 대단치도 않은 나라는 사람을 왜 베꼈는지 솔직히 모르겠다. 카피를 하긴 한 건지도 여전히 확인 불가. 다시 한 번 말하지만, 심증만 있고 물증은 없었으니. 상황은 그녀와 내가 일하는 공간이 분리되면서 자연스럽게 종료되었다.

얼마 전, 먼발치에서 그녀의 모습을 보았다. 그녀는 (그녀가 지금 한 공간에 있는 또 다른 누군가를 따라하고 있는 게 아닐까, 하는 공포영화스러운 상상을 무시한다면) 한결 세련된 모습이었다.

아마 그동안 그녀도 여러 시행착오 끝에 자신의 스타일을 완성해 가고 있는 거겠지. 그녀의 따라하기 역시 그 과정 속에 포함된 것이라면, 어쩌면 나도 한 사람의 정체성 형성에 일부 기여한 바가 있다고 주장할 수도 있겠다. 스타일이란, 결국 '나는 누구인가?'라는 정체성의 문제와 떼어 생각할 수 없는 것이니까.

이제 와 생각해 보면, 각 시기마다 내가 추구했던 스타일은 나의 결핍감과 그것을 채우려는 욕망의 반영이 아니었나 하는 생각이 든다. 조금 무리하게 단순화를 감행해 보자면, 하이힐은 '여성스러움'에 대한, 선글라스는 '시크함'에 대한, 노란색은 '귀여움'에 대한, 빨간색은 '주목받고 싶음'에 대한.

그렇게 스타일로 부족한 부분을 채우고, 원하는 것을 메우며 나는 살아왔다. 그랬으니, 각 시절의 스타일이 나에게 어떤 식으로든 보탬이 되었을 거라 유추하기는 어렵지 않다. 그리고 지금 여기, 내가 있다. 나름의 스타일의 역사를 가진, 그로 인해 형성된 스타일을 입고 있는 한 인간이.

연극

지나고 나니 '아, 그게 우울증이었나 보다' 싶은 시간이 있다.

아침에 눈을 뜨면 커다란 바윗덩어리가 가슴을 짓누르는 것 같았다. 오늘 하루를 또 어떻게 견디지, 생각만 해도 끔찍하고 겁이 났다. 겨우 몸을 일으켜 출근을 하고, 정말 하지 않으면 안 될 최소한의 일을 해내고, 도망치듯 퇴근을 해서 집에 돌아오면 파김치가 되어 있었다.

밤에 침대에 누우면 또 바윗덩어리가 가슴을 짓누르는 느낌이 왔다. 이 긴 밤을 어떻게 버틸까 싶었고, 몸은 천근만근인데도 잠들 수가 없었다. 그렇게 누워 있노라면, 이제 나는 어떻게 살아가야 하나, 눈물이 주르륵 흐르기도 여러 번이었다.

일종의 대인기피 증세까지 찾아왔다. 사람들과 인사를 나눌 기운조차 없었다. 행여 아는 사람과 눈이라도 마주칠까 땅만 보고 걸어 다녔다. 저 멀리서 아는 얼굴이 보이면 바로 고개를 숙이고 걸음을 빨리 했다. 제발 모르는 척 지나가라, 제발 모르는 척 지나가라…… 속으로 주문을 외웠다.

그것이 거부의 신호임을 읽지 못한 눈치 없는 누군가가 '굳이' 내 어깨를 치고 바로 코앞에 얼굴을 들이밀며 밝게 '안녕하세요!' 인사를 했던 순간에는, 엄청난 분노가 솟구쳤다. 온 힘을 그러모아 간신히 그 분노를 누르면서 괜찮은 척 인사를 나눌 수 있었다. 애쓴 덕분에 되레 평소보다 밝게 들렸을 수도 있겠다.

어머나아! 안녕하세요오? 못 보고 지나칠 뻔했네요오.(사실은 지금 막 당신에게 주먹을 날릴 뻔했답니다.)

우울한 상태는 정도의 차이를 두고 거의 1년 이상 지속되었다. 우울감, 그 밑에 깔린 분노와 좌절을 직면하고 극복하는 데 내가 가진 모든 에너지를 써야 했다.

나는 그때 내가 '날개가 꺾였다'고 생각했다. 회사 내의 대대적인 인사이동이 있은 후였다. 나는 인사이동의 대상은 아니었다. 나는 그저 말단 평직원이었으니까. 다만, 나에게 영향력을 끼칠 수 있는 '윗사람들'이 교체되었을 뿐이었다.

겪어본 사람들은 알 것이다. 상사의 마음에 들지 못했을 때 직장생활이 얼마나 지옥 같은지. 게다가 나는 그가 나를 싫어한다고 느꼈다.(마음에 들지 못했을 뿐 아니라 싫어하기까지!) 그 이유를 알 것 같기도 했다. 내가 느끼기에 타당한 이유는 아니었지만.

그렇지만 사람이 사람을 싫어하는데 이유가 중요하겠는가. 우리 모두는 대단치도 않은 이유들 때문에 사람을 좋아하기도, 증오하기도 하는 것이다. 또한 나도 그가 싫었다. 어쩌면 나의 증오가 그보다 더 맹렬했을지도 모른다. 그러니 그가 나를 싫어하는 것은 문제가 아니었다. 나는 모든 사람이 나를 좋아해야 한다고 믿는 애정이 갈급한 어린아이는 아니었다.

문제가 되었던 것은 '자리'의 차이였다. 그는 선배였고, 나는 후배였다. 이 명백한 권력의 불균형 속에서 나는 속수무책일 수밖에 없었다. 가장 비참했던 것은, 하고 싶은 일을 할 기회가 사라져도 그저 무력하게 손 놓고 있는 것 외에 내가 할 수 있는 일이 아무것도 없었다는 사실이다. 그저 하염없이 버티는 것, 내가 유일하게 할 수 있는 것은 그뿐이었다.

아무튼 그래서 나는 생존을 위한 아주 최소한의 사회생활을 제외하고는 완전히 집에 틀어박혔다. 꼭 받아야 하는 업무상 전화가 아니면 받지 않고, 문자에 답신도 하지 않았다. 그런데 딱 한 명의 친구가 계속 전화를 걸어왔다. 물론 받지 않았다. 전화를 안 받는 일도 반복되면 지루할 수도 있다는 걸 처음 알았다.

이 정도 안 받으면 그건 연락하지 말라는 뜻 아니야? 얘는 왜 이렇게 눈치가 없어?

휴대폰 액정에 친구의 번호가 뜰 때마다 갈 곳 잃은 분노가 솟구쳐 올랐다. 그런데도 친구는 포기하지 않았다. 꾸준히 전화를 걸고, 연락 좀 달라는 문자를 넣었다. '왜 이렇게 전화를 안 받아?' 같은 투정 한 마디 없었다. 친구의 문자는 평온했다.

전화 안 받네. 바쁜가 보다. 괜찮을 때 전화해 줘.

결국 내가 졌다. 남은 온 힘을 쥐어짜내어 그 친구에게 콜백을 한 것이다. 밝은 목소리로 전화를 받은 친구는 대뜸 말했다.

"연극 보러 가자!"

헛웃음이 나왔다. 바로 옆자리의 직장동료에게 인사하는 일조차 힘겨운 내가, 몇 달째 거의 모든 관계를 단절하고 두문불출하고 있는 내가, 연극을 보러 간다고? 도대체 얘는 무슨 생각인 걸까.

"연극? 됐어. 피곤해서 좀 쉬고 싶어."

친구는 끈질겼다. 그럼 내일 갈까? 아님 모레? 아님 주말에? 내가 데리러 갈게. 어디로 가면 돼? 티켓은 이미 갖고 있어. 현장에서 좌석권이랑 바꾸기만 하면 돼. 하이톤의 목소리로 정신없이 몰아붙이는 친구에게 나는 결국 약속을 하고 말았다. 친구는 그날 나를 픽업하러 오겠다고 다정하게 말하고선 전화를 끊

었다.

약속일이 다가올 때까지 내내 나는 어떤 핑계로 이 약속을 취소해야 할지 머릿속이 분주했다. 사람들로 가득한 대학로 거리와 공연장으로 나갈 일만 생각해도 끔찍해서 식은땀이 났다. 불행인지 다행인지, 친구에게 전화를 걸어 핑계를 대고 약속을 취소할 에너지조차 내게는 남아 있지 않았다. 그리고……

마침내 그날이 왔다.

나는 내내 활기찬 친구의 리드에 수동적으로 따랐다. 친구가 운전하는 차를 타고 공연장으로 갔고, 친구의 옆자리에 앉아 무대를 지켜보았다. 친구는 무대에 오르는 배우 중 한 사람과 친분이 있는 사이였다. 친구는 연극이 끝나고 가려는 나를 잡아끌고 무대 뒤편으로 가서 그 배우에게 인사를 시켰고, 상냥한 그녀는 뒤풀이에 우리를 초대했다.

"뒤풀이? 당연히 가야지."

친구는 환하게 그러마고 대답했다. 기가 막혔다. 뒤풀이? 오늘 공연을 한 배우들과 그들의 지인들이 모여 웃고 떠드는 술자리? 말도 안 돼, 정말.

그리고 잠시 후, 나는 호프집에서 모르는 사람들에 둘러싸여 앉아 있었다. 그날의 연극이 모두의 맘에 들었던 모양인지 즐거운 분위기였다. 사람들은 처음 보는 나에게 말을 걸었고, 나는 남은 힘을 모두 짜내어 '평소처럼' 대답을 해야 했다. 내 속은 나를 이런 자리로 끌고 온 친구에 대한 원망으로 폭발할 지경이었다.

그런데 이상한 일이었다. 시간이 흐르면서, 나는 조금씩 기분이 나아지기 시작했다. 주변 사람들의 활기찬 에너지가 전염된 건지도 모르겠다. 아무튼 나는 점점 그 자리가 편안해졌고, 사람들과 어울리는 것이 즐거운 일이라는 기억이 났다. 아련한 추억처럼, 그런 생각이 떠올랐다.

그러니까 이런 외출이 얼마 만이었던가. 나는 잊고 있었던 거다. 혼자 거대한 우울을 끌어안고 씨름하던 시간 동안, 사람들과 나누는 떠들썩한 만남의 즐거움을, 내가 한 번도 경험하지 못했던 일처럼 까맣게 기억에서 지우고 있었던 거다.

뒤풀이는 새벽이 되어서야 파했다. 나는 끝까지 자리를 지켰다. 그리고 나는 내가 괜찮아졌다고 느꼈다. 오늘은 집에 돌아가 침대에 누울 때 '바윗덩어리가 짓누르는 느낌'이 없을 것이라는 확신이 들었다. 정말로 그날 나는 오랜만에 푹 잤다.

그날로 우울증이 칼로 베듯 딱 사라진 것은 아니다. 상태가 조금 호전되는 듯하다가 다시 나빠지기를 반복했고, 우울의 늪에서 완전히 빠져나오기까지 몇 달 정도는 더 걸렸던 것 같다. 그러나 연극을 본 날은 확실히 어떤 분기점이 되었다. 그 기억을 붙잡고, 조금씩 올라올 수 있었다.

지금은 별 고통 없이 그때를 돌이킬 수 있다. 그땐 참 힘들었지,라고 무심히 생각할 수 있다. 그 우울한 시간이 언제 끝났는지를 특정하지는 못하겠다. 바닥에서 나는 서서히 떠올랐고, 어느 순간 돌아보니 '괜찮은 나'를 발견했을 뿐이다. '바윗덩어리가 짓누르는 느낌'도 어느새 사라졌다. 어느 날 '아, 이제 보니 그 느낌이 없어진 지가 꽤 됐잖아!' 하며 혼자 신기해했다.

그렇게 내 인생의 한 마디가 또 매듭지어졌다. 나도 모르는 새에 좋았던 시간도, 나빴던 시간도, 결국 다 지나가고 추억이 된다.

끝까지 내가 마음에 들지 못했던 상사는 정년퇴직을 했다. 사내 전산망의 퇴직자 명단에서 그의 이름을 보았을 때 별다른 감정이 생기지 않는 것을 느끼며, 그 시절이 지나갔음을 실감했다. 나의 나빴던 시간이 지나간 것처럼 그의 좋았던 시간도 지나갔구나 싶어서 심지어 좀 연민이 들기도 했다.

그렇게 다 지나간다는 사실을 받아들이게 되면, 인생을 길게 보는 안목도 생기고 사소한 일에 안달복달하는 일도 줄어드는 것 같다. 그러니 이것만은 분명히 말할 수 있다.

그 시절의 우울 덕분에, 나는 많이 성장했다고.

여자놀이

그날 너는 술을 많이 마셨다. 나도 분위기를 맞추는 수준으로는 마셨다. 둘만 마신 것은 아니었다. 함께 일했던 많은 사람들이 모여서 그간의 수고로움을 정리하는 자리였다. 그래서 그 자리에 있는 많은 사람들은 취하고 싶었을 것이다. 너는 특히 그랬을 것이다. 이 일을 하면서 네 마음이 많이 부대꼈다는 걸 알고 있었다.

너는 표내지 않았다. 너는 웃었다. 대체로 웃으면서, 이 일을 견디었다. 그게 안쓰러워서, 가끔 네 어깨를 도닥여주었다. 그 도닥거림이 그저 흔한 위로였는지, 조금은 특별한 그 무엇이었는지, 의식하지는 않았다. 다만 나는 너의 힘듦을 내가 알고 있음을 네가 알아주었으면 했다.

알아주기를 바라는 것…… 항상 문제는 거기서 시작되는지도 모른다. 즉, 너에게 특별한 무엇이 되고 싶은 바람. 그리고.

너는 분명 알고 있었다. 내가 너의 힘듦을 알고 있음을 알고 있었을 뿐 아니라, 그래주기를 내가 바란다는 것까지도 알고 있었다. 그런 느낌이었다. 우리는 서로 고마워했으니까. 말없이 느낌으로 통했다, 우리는. 그러나.

너는 내 생각보다 힘들었는지, 아주 술을 많이 마셨다. 그리고 아주 많이 취했다. 네 주량은 대단했으니까, 너를 취하게 하기 위해서 아주 많은 술이 필요했을 것이었다. 취한 너는 과감하고 솔직했다. 큰 소리로 욕을 하고, 웃고, 성적인 농담을 했다. 나는 그날, 너에 대해 몰랐던 것들을 많이 알았다. 네가 생각보다 마초적인 남자일 뿐 아니라, 자신이 마초임을 자랑스러워한다는 사실까지. 마침내.

우리는 술집 구석에 마주 앉았다. 둘만 있었던 것은 아니었다. 내 옆에도, 네 옆에도, 취한 동료들이 있었다. 취한 말들은 공허하게 섞여 허공으로 흩어졌다. 술집 구석에서, 우리는 처음으로 서로에게 집중할 수 있었다. 나는 여전히, 어떤 식으로든 네가 나를 '알아보기'를 원하고 있었고, 술이 너를 무장해제시켜 취중진담의 세계로 옮겨놓은 그 순간, 너의 표현이 올 것이라 기대했었다. 그 기대는 우리 사귈까, 나 너를 좋아해, 같은 말처럼 구체적이지는 않았다. 그저 내가 너에게 무엇인지, 너의 진짜 대답이 궁금했다. 나는 분명 네가 좋았으니까.

그런데 너의 첫마디는 이러했다.

"우리, 결혼할래?"

전혀 예상할 수 없었던 문장. 진심이라기엔 엄청났고, 진심이 아니라기엔 생뚱맞았다. 너는 많이 취해 있었다. 그렇다면, 내일 아침 네가 지금 이 순간을 기억할 수 있을까. 나는 기억할 수 없다고 보았다. 지금 너는 블랙아웃 상태라고. 그래서 재밌다는 듯 웃어주었다. 이럴 땐 장난처럼 받는 게 최고다. 그래야 나중에 서로 무안하지 않을 테니까.

"그럴까?"

내 대답 또한 네가 예상할 수 없었던 것인 모양이었다. 순간의 침묵. 네 눈빛이 짧게 흔들렸다. 그리고 푸하하. 네가 웃음을 터뜨렸다. 장난이야, 장난. 정말 재미있다는 듯, 호쾌한 웃음소리. 허! 장난? 이런 게 장난이야? 순간 불쾌해진 내가 너를 노려보았을 때, 웃음기를 거둔 네가 정색을 하고 말했다. 약간의 빈정거림까지 섞어서.

"또…… 또…… 여자놀이한다."

여자놀이. 처음 듣는 말이었다. 여자놀이. 여자놀이라니. 그러나 그 말을 듣는 순간, 나는 그 의미를 이해했다. 물론, 제대로 이해했는지 확신할 수는 없다.

그는 내가 노려본 행위를 일종의 유혹으로 받아들인 것 같았다. '나 삐쳤어, 그러니 달래줘.' 이렇게 말이다. 그러면 마초인 그는 '우쭈쭈, 삐치지 마, 오빠가 안아줄게, 됐지?' 이렇게 반응할 수 있을 터였다. 마치 연애가 시작되기 직전의 밀당 단계처럼, 눈을 치켜뜨고, 눈을 내리깔고, 은근슬쩍 허벅지를 만지고, 탁자 밑으로 무릎이 닿게 하고(그리고 떼지 않고), 취한 척하고, 혀 짧은 소리를 내고, 손금을 봐준다며 손을 잡고, 흘러내린 머리카락을 쓸어 올려주는, '남자'와 '여자' 사이의 유혹의 신호로.

그럼 그동안 나는 그를 유혹했었나? 내가 정말 그 앞에서 '여자놀이'를 해왔었나? 나는 너의 동료지만 동시에 '여자'야, 그렇게 보아줘, 섹시하게 느껴줘, 이렇게 행동했었나?

답을 고백하자면 '그랬을지도 모르겠다'. 나는 그가 좋아서, 나도 모르게 유혹의 신호를 흘려왔는지도 모르겠다. 그래서 그가 혼란스러웠는지도 모르겠다. 그리고 지금 남은 진실은, 그날 만취한 그가 나의 '여자놀이'를 언급했을 때, 정곡을 찔린 것 같은 무안함과 동시에 내 '진짜 감정' - 나는 그와 정말로 연애할 생각은 없었다는 것 - 을 알아버렸다는 거다.

나는 몸을 곧추세웠다. 나는 취하지 않았으니까. 오해의 타임은 이제 끝내야 했으니까. 내 마음속 결론이 분명해졌으니까. 내가 그를 헷갈리게 했던 만큼 그도 무수히 나를 헷갈리게 했지만, 그 역시 내 앞에서 계속 '남자놀이'를 해왔지만, 그런 게 뭐가 중요한가. 우리가 서로를 향해 보냈던 유혹의 신호들은 죄가 아니니까. 다만 결론이 났을 뿐이다. 아닌 걸로.

다음 날, 그가 전화를 걸어왔다.
"잘 들어갔어? 속은 괜찮아?"
그는 필름이 끊겼는지 어제 일이 하나도 기억나지 않는다고 했다. 나는 직감적으로 그게 거짓말이라는 것을 알았다. '여자놀이'라는 단어를 마주한 순간 내가 진실을 깨달은 것처럼, 그도 어젯밤의 어느 순간에 내 앞에서 '남자놀이'하기를 관두기로 한 것이다. 전화 속 그는 어느 때보다도 담백했고, 우리는 예의바르게 인사를 나누고 전화를 끊었다. 그 전화가 그와 했던 '사적인 연락'의 마지막이었다.

이제 와 돌아보면, 우리의 여자놀이/남자놀이는 꽤 재미있었던 것도 같고, 그것만으로도 나름 괜찮지 않았나 하는 생각이 든다. 모호한 '너의 의미들' 속에서 허우적대는 일이란, 남자와 여자 사이 피할 수 없는 단계이기도 하지 않겠는가. 때론 그 '진짜' 의미를 알 수 없어 괴로울지라도.

10년

아주 오래간만에 대학 시절 선배와 만날 일이 생겼다. 약속을 잡으려니 갑자기 옛날의 추억이 새록새록해졌다. 선배도 나와 같은 마음이었던 건지 '학교 근처에서 볼까?' 한다. 좋죠. 내 스무 살이 시작되었던 공간, 섣불렀던 시행착오와 희로애락으로 범벅이 된 곳.

"그럼 지하철역 2번 출구에서 보자."

계단을 성큼성큼 올랐다. 여기가 도대체 얼마 만인가. 보이는 풍경도 많이 달라져 있었다. 그래도 공기는 여전했다. 젊은 바람, 무모한 패기와 순수한 열정 같은 것. 여전히 백팩을 메고, 여드름이 남아 있는 얼굴에 어설픈 화장을 한, 그러나 가능성만은 넘치도록 갖고 있는 대학생들이 오가고 있었다. 잠깐 과거로 돌아간 듯 설렜다.

선배는 약속 시간에 딱 맞춰 나타났다. 1분도 넘치지 않게.

대학 시절 선배는 지각을 밥 먹듯이 하는 사람이었는데. 15분 정도 늦어주는 게 예의지이. 그게 인간미지이. 끝말을 리드미컬하게 늘어뜨리며 뻔뻔하게 모임에 나타나곤 했었는데. 새삼 흘러버린 시간을 실감했다.

선배는 나를 바로 알아보지 못했다.

"오빠!"

내가 다가가서 두리번거리던 그의 어깨를 툭 치고 나서야 흠칫 놀라 '아, 너구나' 했다. 그가 앞에 서 있는 나를 빠르게 위아래로 훑는 것이 느껴졌다. 그러고 나서 '너, 너무 변해서 못 알아보겠는데' 했다. 그래요? 난 그대론데? 다시 그의 시선이 나를 훑었다.

"아니, 뭔가, 되게 많이, 달라졌어, 너."

그렇게 말하는 선배의 눈가 주름이 내 눈에 보였다. 그래도 여전히 동안이긴 했지만, 그도 시간을 완벽하게 피해갈 수는 없었던 모양이었다. 근처 카페에 자리를 잡고 커피를 주문했다. 우리가 함께 대학에 다니던 때에는 존재하지 않았던 카페였다.

"생각해 보니 마지막으로 선배를 본 게 10년 전이네요."

"벌써 그렇게 됐나?"

아이스커피를 빨대로 꾸룩거리며 선배가 대답했다.

"그런데 너는 정말 많이……."

말을 끝맺지 않고 그가 다시 나를 훑어봤다. 나는 깔깔깔 웃고 말았다.

"그만 좀 훑어봐요. 내 어디가 그렇게 변했다고 이래요?"

선배가 잠시 생각했다. 그리고 말했다.

"……분위기. 분위기가 변했네."

내 분위기가 뭐가 그렇게 달라졌을까…….

하기야 우리는 10년 동안 만나지 못했다. 남달리 섬세한 편이었던 선배가 그 차이를 예민하게 감지해 내는 것이 당연하다. 돌아오는 길에 선배와 나 사이에 놓인 '10년'에 대해 생각해 보았다. 선배는 결코 모르는 나의 10년과, 그가 기억하는 10년 전의 나.

그렇게 보니 정말 많은 일이 있었다. 또 그 결과로 정말 많은 것들이 달라졌다.

10년 전에 내가 만나던 사람들과, 현재 내가 만나는 사람들의 명단은 거의 겹치지 않는다. 즉 주변 사람들의 '지도'가 완전히 바뀌었다. 또 지금 내가 가지고 있는 물건들 중 10년이 넘은 것은 거의 없다. 애써 찾아보려 해도 추억이 담긴 앨범 정도가 다

인 것 같다.

외모도 변했다. 살이 조금 쪘고, 주름이 생겼고, 더 이상 안경을 쓰지 않고, 필라테스와 요가 덕분에 자세도 바뀌었다. 덕분에 키도 조금 더 컸다. 진짜다. 모르긴 몰라도, 말투나 눈빛도 달라졌겠지. 그간 지내온 근황에 대해 이야기를 나눌 때 '글쎄요, 인생이 내 마음대로 흘러가는 건 아니니까요' 차분한 내 말에 선배의 눈이 화들짝 커진 것은 그래서였을지도 모르겠다.

아마도 10년 전의 나는 '내 인생은 내 마음대로 할 수 있는 거 아닌가요?' 주먹을 흔들어대며 투사처럼 외쳤을 테니까.

얼마 전에 읽었던 책은 최근 10년 사이의 기억이 사라져버린 여자 이야기였다. 낳은 기억도 없는 아이들이 셋이나 있고, 너무나 사랑하는 남편은 현재 자신과 이혼소송 중이며, 모든 것을 공유했던 언니와는 연락이 끊겨 있다. 10년 동안 일어난 엄청난 변화……

마침내 그녀가 기억을 찾으면서, 10년 동안 자신이 얻은 것과 잃은 것을 깨닫고 받아들이고 회복하면서, 소설은 끝이 난다. 나는 그 책을 그녀의 대단했던 10년에 대한 기록으로 읽었다.

사람은 1년 동안 할 수 있는 일은 과대평가하고, 10년 동안 할 수 있는 일은 과소평가하는 경향이 있다고 한다. 그러고 보니, 나의 지난 10년도 나름대로 대단했다. 많은 것을 했고, 많은 것을 바꾸었다. 늘 제자리만 맴도는 것 같아 자주 허탈했는데, 때론 뒷걸음질도 치고 제자리걸음도 했겠지만, 그래도 조금씩 조금씩 앞으로 나아갔다.

실수도 실패도 많았지만, 배운 것도 얻은 것도 많았다. 무너진 연애의 수만큼 시작된 사랑이 있었고, 그 과정 속에서 나답게 살아가는 법을 고민해 왔다. 적어도 10년 전보다는, 높은 곳에서 멀리 보고 있다.

그러니 앞으로 펼쳐질 또 다른 10년을 기대해도 되겠지.

여태 해왔듯, 차곡차곡 지금을 살아서, 10년 후 오랜만에 만난 누군가로부터 '너 정말 많이 변했구나! 못 알아보겠어!' 이런 말을 들을 때 칭찬으로 받아들일 수 있으면 좋겠다.

'당연하죠. 10년은 대단한 시간이니까요. 저는 성실히 10년을 살아왔답니다' 하고.

명화

2006년 봄, 동유럽으로 여행을 떠났다. 단막극으로 연출 데뷔를 하기 직전이었다. 그러니 그때 내 정신 상태는 온전하지 않았을 것이었다. 연출자로서, 처음으로 무대에 서게 된다……. 그 압박감과 공포감은 엄청났다. '연출자로서 나는 재능이 있는가?'라는 질문이 머릿속을 떠나지 않았다. 답은 사실상 뻔했다.

'알 수 없음.'

당연하지 않은가. 연출을 해보기 전엔 모른다. 연출을 잘하는지 못 하는지, 재능이 있는지 없는지. 솔직히 한두 번 연출을 해봐도 모를 수 있다. 뒤늦게 꽃피는 재능도 많고, 꾸준함과 성실함으로 그저 버티는 것도 일종의 재능이기 때문이다.

알 수 없음. 이 분명한 답은 더욱 두려웠다. 알 수 없다. 아무것도 보이지 않는다. 그러니 나는 그저 해야 할 뿐이다. 앞이 캄캄한 어둠이어도, 뿌연 안개 속이어도, 그저 걸어 나갈 수밖에 없다. 설령 그 앞에서 나를 기다리고 있는 것이 실망뿐이라 해도.

잠시나마 그 두려움을 벗어나보려 충동적으로 비행기를 탔는지도 모른다. 내가 아무것도 모르는 곳. 낯선 곳에서의 막막함을 미리 겪어내서 새로운 무대에 오르는 압박감을 덜어내보고자.

그때 걸었던 도시 중에 독일의 드레스덴이 있었다. 구동독 지역이라 그런지 발전이 더딘, 왠지 좀 음산한 도시였다. 츠빙어 궁전을 찾았다. 가이드북에 따르면, 그 안의 미술관에 유명한 그림들이 많이 전시되어 있다고 했다.

별다른 지식이나 안목은 없지만, 미술관을 다니며 그림을 감상하는 것은 내가 좋아하는 일이었다. 츠빙어 궁전 안에 있는 작품 중 가장 유명한 것은 라파엘로의 〈시스틴 마돈나〉(보통 '시스틴의 성모 마리아'라 불리는)였다.

계단을 몇 번씩 오르내리며 내내 〈시스틴 마돈나〉를 찾았다. '시스틴 마돈나는 어디에서 볼 수 있나요?' 서툰 영어로 미술관 곳곳에 배치되어 있는 직원들에게 물어보면서 다녔다. 모든 직원들은 낯선 발음이지만 친절하게 대답해 주었다. 그런데 대충

감을 잡고 가보면 없고, 가보면 없고……. 그런데 정말 이상하게, 그곳에서 가장 유명한 작품인 〈시스틴 마돈나〉를 도저히 찾을 수가 없는 거다.

'여기까지 와서 결국 못 보고 가나 보다. 이렇게 다리가 아프게 미술관을 누볐는데도 그 그림이 내 눈에 안 띄는 걸 보면 〈시스틴 마돈나〉와 나는 인연이 아닌가 봐.'

허탈하고 우울해져서 그냥 가까이 있는 의자에 털썩 주저앉았다. 다리가 뻐근했다. 그러다 문득 고개를 들었는데…….

바로 내 눈앞에 있는 그림이 〈시스틴 마돈나〉였다!

나는 벌떡 일어났다.

압도하는 위대함과 성스러움이 느껴지는, 말로 표현하기 힘든 아우라를 풍기는 걸작…….

한참 동안 그 자리에 서서 그림을 보았다. 앉았던 자리에서 몇 발자국 뒤로 물러서야 한눈에 들어올 만큼 큰 그림이었다. 결국엔 다 괜찮을 거란다……. 그림 속 성모 마리아는 그렇게 다독여주는 것처럼 인자한 느낌이었다. 그 말은 그때의 내가 가장 듣고 싶었던 말이었을 것이다.

얼마나 그렇게 서 있었을까. 두세 시간은 족히 흐른 것 같았다. 나오면서도 아쉬워서 몇 번을 돌아보았다. 지금 이 순간을 내 안에 새기고 싶어서. 오래도록 기억하고 싶어서.

그러고 나서 츠빙어 궁전 근처의 카페에서 커피를 마셨는데, 몹시 흐리고 빗방울도 간간이 떨어지는 우울한 날씨였다. 그리고 대부분의 여행에서 그러했듯 '비 새는 집 같은' 마음을 안고 다니던 때였는데도, 방금 보고 나온 〈시스틴 마돈나〉가 묘한 위로가 되었다.

그게 참 이상한데 '괜찮아, 난 지금 내가 목표했던 〈시스틴 마돈나〉를 보고 나온 사람이니까' 이런 기분이랄까? '난 결정적인 순간에 내 앞에 그것이 나타난 경험을 방금 한 사람이야' 같은 으쓱함?

한 번 일어난 일은 두 번도 일어날 수 있는 일일 테니까, 인생에서 무언가가 정말 필요할 때 고개를 들어보면 그것이 바로 내 눈앞에 나타날 것이라는 '희망' 같은 걸 본 경험이었다.

그로부터 몇 년 후, 나는 다시 드레스덴과 〈시스틴 마돈나〉를 떠올렸다. 내 인생이 한 고비를 돌았다고 생각됐을 때. 그러니까 내 인생의 첫 번째 시즌이 끝나고 두 번째 시즌이 열리는 것 같았을 때. 첫 번째 계절의 모든 것은 그 안에서 끝이 나버렸고, 나는 다시 아무것도 보이지 않는 내 인생의 두 번째 계절을 오직 홀로 맞아야 했던 때. 그때 시스틴 마돈나를 기억했다.

결국엔 다 괜찮을 거라던 그림 속 성모 마리아의 위로가.

애써 마음에 담고자 했던 그 순간의 풍경이.

쌀쌀한 공기와 몸에 와 닿던 찬 빗방울의 감촉.

궁전 앞 카페에서 내밀어지던 메뉴판의 글씨체와 부드럽고 따뜻하던 밀크커피의 맛까지, 날것처럼 생생하게.

한 번 일어난 일은 두 번도 일어날 수 있는 일일 테니까,
인생에서 무언가가 정말 필요할 때 고개를 들어보면
그것이 바로 내 눈앞에 나타날 것이라는 '희망' 같은 걸 본 경험이었다.

너와 내가 우연히 스쳤던 순간

드라마를 보며 '말도 안 돼' 생각하는 일이 참 많다. 주로 등장 인물들의 첫만남.

길을 걸어가다 부딪히고, 접촉사고가 나고, 술집에서 시비에 휘말리고, 비행기의 옆 좌석에 앉는다. 그리고 그 첫 번째 우연 이 다음 만남으로 이어지며 인연으로 자리를 잡는다.

결코, 있을 수 없는 일이다. 현실이 어디 그러하던가.

길을 걷다 우연히 누군가와 부딪혔는데 그가 눈이 번쩍 뜨일 만한 미남이고, 그때 바닥에 떨어진 휴대폰이 뒤바뀌는 바람에 우리가 다시 만나는 일? 우연히 술집에서 만난 남자에게 진상 을 떨고, 심지어 그의 고급 양복 위에 오바이트까지 했는데, 다음 날 그가 나의 새로운 보스로 부임하는 사건? 휴가를 떠나는 비행기 안에서 '실례 좀 하겠습니다' 매끈한 목소리로 내 고개를 들게 한 사람이 고릿적 가타부타 말도 없이 사라져버린 옛 애인인 경우?

…… 일단 크게 웃자. 하, 하, 하.

우선 현실에서는 '멋진 남자'라는 존재 자체가 드물다. 평범남, 평범녀들의 세상. 당연하지. 우리들의 현실은 개를 끌고 다니는 과묵한 옆집 총각이 절세미남인 드라마와는 너무나 다른 곳인 거다.

물론 우연은 일어난다. 게다가 생각보다 많을 수도 있다.

저녁 약속이 있어 로비로 내려갔다. 엘리베이터에서 내리는데, 입구 쪽에서 서성이고 있는 한 남자가 눈에 들어왔다. 분명 낯익은 얼굴인데, 누군지 기억이 나지 않아서 힐끗거리며 그의 앞을 지나갔다. 뒤늦게 나를 발견한 그가 홱 고개를 돌렸다. 그도 나를 아는 것이다.

그 순간, 번개처럼 생각이 났다. 한참 전에 소개팅을 했던 남자였다. 경영학 박사 학위를 가진 연구원. 음악을 좋아하고, 나이보다 젊어 보이는 동안 외모. 하루에도 몇 번씩 전화를 걸어 사생활을 간섭하는 바람에(남자가 있는 술자리는 가지 말라고 했던가. 내 참, 같이 일하는 사람의 80퍼센트가 남자인데.) 한 달도 지나지 않아 정리된 사이. 그러니 내가 첫눈에 기억을 못 하는 것도 당연했다.

그가 나를 보자마자 시선을 꺾는 것도 당연했다. 그는 나를 변덕스럽고 심술궂고 늘 남자들과 술을 마시며 시시덕대는 재수 없는 여자로 기억하고 있을 테니. 피식, 웃었다. 함께 밥을 먹던 선배가 '왜?' 물었다. 그냥, 우연히 아는 사람을 봤어. 방송국 로비에서 마주칠 일은 전혀 없을 것 같은 사람인데.

그 뒤로도 '우연히' 여의도에서 그의 모습을 몇 번 더 봤다. 그는 사람들과 섞여서 어디론가 걸어가고 있기도 했고, 카페 앞에 줄을 서서 테이크아웃 커피를 기다리고 있기도 했다. 아마 여의도에 있는 어딘가로 직장을 옮긴 모양이었다. 여의도는 방송가이기도 했지만 금융가이기도 했으니까. 그렇게 몇 번 먼발치에서 목격한 뒤, 그는 또 사라졌다. 신경이 쓰였던 것은 아니다. 한참의 시간이 흐른 뒤 '어?' 생각해 보니 그를 목격한 지 꽤 됐는걸? 그랬다.

대개 현실은 이쪽에 가깝다. 그러니까, 우연히 마주친 그 사람과 투닥거리며 사랑이 싹트는 게 드라마고 '엇, 저 왕재수가 왜 여기에 있지?' 하며 못 본 척 슬그머니 자리를 피해 버리는 경우가 현실.(눈물)

그런데…… 정말 아주 가끔 '우와, 진짜 드라마 같아' 하고 느

꺼지는 경이로운 우연의 순간도 있다, 매우 드물지만.

…… 그날의 우리처럼.

서점에서 책을 뒤적이다가 너를 보았다. 너는 귀여운 여자와 팔짱을 끼고 조곤조곤 이야기를 나누고 있었다. 결혼을 했다고 들었으니, 그녀는 너의 아내겠지. 이런 곳에서, 이런 시간에, 너를 보게 되다니. 상상도 할 수 없는 일이었다.

눈이 마주쳤다. 손을 흔들었다. 와, 반가워. 어떻게 이렇게 만나니? 안녕하세요, 처음 뵙겠습니다. 사랑스러운 그의 아내. 그는 건강해 보였다. 나도 그에게 건강해 보이길 바랐다. 잘 지내지? 그럼, 더할 나위 없지. 여전하구나. 좋네.

그게 다였다. 우리는 연락처도 주고받지 않았으니까. 그게 무슨 대단한 우연이라고, 비웃는다 해도 할 수 없다. 그저 그 순간이, 이토록 우연하게 그를 마주칠 수 있었다는 게 내겐 몹시 놀라운 일이었다.

몇 권의 책을 사들고 서점을 나서면서 이런 생각을 했다.

그를 마주친 것이 정말 100퍼센트 우연이었을까. 또는, 완전한 우연이라는 것이 존재할 수 있을까. 우리가 대단한 우연이라 느끼는 것 뒤에는, 우리 자신도 깨닫지 못하고 있을지라도, 우리의 의지나 욕망이 개입되어 있는지도 모르겠다는 생각이 들었다.

그러니까 나의 무의식적인 소망이, 어쩌면 너의 바람까지도 더해져서, 그 순간 우리를 서로 끌어당긴 것이 아닐까. 나의 무의식은 오랫동안 네 이름을 부르고 있었던 것이 아닐까. 잘 살고 있을까, 한 번쯤 보고 싶다, 만나고 싶다, 그러면서.

그래서 어젯밤 소파 위에서 뒹굴거리며 드라마를 보다가, 저렇게 평범한 여자가 저렇게 멋진 남자의 구애를 저렇게 쉽게 거절하다니 기도 안 찰 일이라고 혀를 끌끌 차다가, 하기야 드라마니까 안 될 게 뭐가 있어 혼자 납득하다가도, 막상 자려고 침대에 누우면 꿈을 꾼다.

내 삶에서 드라마 같은 우연이 일어나기를. 여전히.
자주 있는 일은 아닐지라도,
대부분의 우연은 비루한 현실로 끝날지라도,
드라마는 현실과 닮았으니까,
나는 내 드라마의 주인공이니까,
앞으로 한두 번 정도는 더,
가슴 뛰는 우연이 찾아와주기를,
그렇게 너를 만날 수 있기를.

그 모든 우연의 가능성을 맞이할 준비가, 나는 되어 있다.

행복은 살아가다 문득 마주치는
어떤 사소한 순간에 있다.
그로 인해 나는 사소함의 기쁨을 알게 되었다.

문득
　　마주치는
　　어떤
　　사소한 순간

편지

내게 편지는 '끝'과 함께 왔다. 시작했던 편지들은 잘 기억나지 않는다. 그런데 끝의 순간, 내 안에서 겨우 잡고 있던 가느다란 끈이 툭, 끊어지는 느낌의 서늘함과 함께 버려졌던 편지들. '편지를 버리면서 끝이 시작되었다'고 한다면, 이상한 표현일까?

대학생이었을 때, 나는 좌석버스를 자주 탔다. 일반 버스보다 조금 더 편안하고 조금 더 비싼 좌석버스라는 게 그때 있었다. 학교 앞에서 집 앞까지, 좋은 노선이었다. 나에게만 유용한 코스는 아니었던 모양인지, 그 버스의 경로 안에 집이 포함돼 있는 학생들이 꽤 많았다. 당연히 아는 얼굴을 마주치는 일이 잦았다.

밤이었다. 아마 마지막 버스였을 것이다. 택시비가 없던 대학 시절, 막차 시간을 기억해 두어야 하는 건 너무나 당연했다. 마지막 버스는 마지막 버스답게, 항상 조금 오래 정차해 있었다. 이것이 집에 갈 마지막 수단인 학생들에 대한 배려였다. 나는 맨 앞좌석, 오른쪽 창가자리에 앉곤 했다. 앞으로도, 옆으로도 흐르는 풍경을 볼 수 있는 자리.

그곳에 앉아 흔들리는 서울의 밤거리를 보면서, 내 인생이 어디로 흘러갈지 막연한 불안감에 울컥 서러움이 올라오곤 했었다. 젊다는 건 본디 불안을 포함하는 것인지도 모른다. 열정과 에너지는 넘치는데, 방향성과 뚝심을 갖기가 어려운, 그래서 갈팡질팡 비틀거리다가 자기도 모르게 '에이씨, 이게 뭐야' 하는 마음에 마구 화내고 싶어지는.

나는 늘 앉던 자리에 앉아 버스가 출발하기를 기다리고 있었다. 내 옆자리는 비어 있었다. 버스는 5분쯤 더, 막차 시간에 늦지 않게 허둥지둥 뛰어오는 학생들을 기다려주고서는 움직일 것이었다. 그때 그가 나타났다.

그는 나를 발견하더니 잠깐 멈칫한 후 내 옆에 앉았다. 나는 그게 싫어서 창 쪽으로 몸을 더 붙였다. 아마 그도 우리 사이 최대한의 공간을 확보하려는 내 노력을 읽었을 것이었다.

그에게서 술 냄새가 풍겼다. 몸을 휘청이거나 혀가 꼬이는 정도는 아니었으니, 아주 많은 술을 마시지는 않았나 보았다. 그는 주량이 약한 편은 아니었다.

버스가 출발했다. 둘 사이에 어색한 침묵이 흘렀다. 그가 나보다 먼저 내린다는 것을 알고 있었다. 그래서일까, 먼저 입을 연 사람은 그였다.

"내 편지 다 돌려줘."

그는 내게 많은 편지를 주었다. 글을 잘 쓰는 남자였다. 매번 답장을 하지는 않았다. 그의 긴 편지 다섯 번에 내 짧은 답장 한 번 정도. 대충 그 정도 빈도였다고 기억된다.

그와의 관계는 연애라기보다는, 풋사랑 같은 느낌이었다. 좋게 보면 순수했고, 나쁘게 보면 순진했다. 어쨌든 나는 그를 한 번도 사랑하지 않았다는 자각에 도달했고, 그 자각이 머리를 친 순간 그냥 자리에서 일어나 걸어 나왔다. 그는 상처 받았고, 나는 괜찮은 척했지만 혼란스러워 속이 시끌시끌했다.

"편지?"

나는 화가 났다. 그가 내게 바친 자신의 순정을 아까워하고 있다는 느낌에서였다. 그는 지난 시간을 되돌리고 싶어 한다. 야, 나도 아까워. 나도 그 후졌던 시간을 무화시키고 싶다고.

더 솔직히 말하면, 그 관계의 처음-중간-끝에서 내가 내내 우위를 점했다고 느꼈기 때문에 그가 '감히' 내게 편지를 돌려달라고 말하는 이 상황에 더 빈정이 상했는지도.

집에 돌아가자마자 책상 맨 아래 서랍에 처박혀 있던 그의 편지들을 꼼꼼하게 챙겼다. 그가 내 기억보다 훨씬 더 많은 편지를 썼다는 사실을 확인하고 조금 놀라기도 했다. 편지를 챙기다 보니 새삼 호기심(?)이 동했다.

하나씩 하나씩 봉투에 넣으며 마지막으로 그의 편지를 읽었다. 그러다 보니, 어쩌면 그가 원했던 것은 이것일지도 모르겠다는 생각이 들었다. 내가 다시 그의 편지를 읽는 것.

그러나 그의 바람과 달리, 그의 글솜씨를 재확인하는 것 이상의 변화는 없었다.

다음 날, 나는 학교에서 그를 만나 편지 뭉치를 건넸다. 여기 있어. 내 편지는 돌려줄 필요 없어. 그냥 버려. 그렇게 말하면서 나는 잔인한 쾌감을 느꼈다. 그때 나는 나를 좋아하는 타인의 감정을 우습게 여길 정도로 어리고 어리석었으니까.

그때 그의 눈에 어린 실망을 나는 보았다. '내가 고작 이런 애를 좋아했었나' 하는. 내 치기 어린 바닥을 본 눈빛. 그 순간 그는 나에 대한 모든 감정을 끝낸 것 같았다. 완전히, 남김없이.

내게 편지를 주었던 또 다른 남자가 있었다. 역시 글솜씨가 유려한 남자였다. 그의 편지를 읽으면 내가 좋은 사람이 된 것 같은 기분이 들었다. 낯간지러운 칭송이나 닭살 돋는 위로 없이도, 따뜻하게 내 장점을 보아주는 편지였다. 사실, 글솜씨보다

본바탕이 선했던 남자였다.

그의 편지를 차곡차곡 모아두었다. 다시 꺼내 읽을 일이야 없었지만, 그의 편지들이 서랍 안에 있다는 생각을 하면 왠지 든든했다. 어쩌면, 나의 애정 결핍 탓이었는지도 모른다.

그러니까, 누군가 나에게 관심과 애정을 보여주었다는 구체적인 증거가 나에게 필요했던 건지도. 설령 그 관심과 애정이 지금 나에게 유효한 것이 아니라 해도.

내 마음은 그때 그토록 가난했다.

이사 때문에 대청소를 해야 해서 책상 안의 물건들을 다 꺼내 비닐봉투와 쇼핑백에 담아두었다. 그의 편지들은 작은 비닐봉투에 넣었다. 잠깐 나갔다 돌아와 보니, 내가 정리한 것들을 엄마가 다시 한 번 정리한 모양이었다. 편지를 넣은 비닐봉투가 사라졌다. 엄마는 '당연히' 버리는 물건이라 생각했다고 한다. 하기야 읽고 난 오래된 편지들이었으니 버려야 할 종이 뭉치로 보였을 수 있겠다.

그런데 나는 울며 아파트 밑으로 뛰쳐 내려갔다. 편지가 없어졌다 생각하니 참을 수 없는 공포감이 밀려왔다. 다행히 공동쓰레기처리상 옆에 놓인 비닐봉투를 찾아들고 올라올 수 있었다. 왜 남의 물건에 함부로 손대냐는 나의 포효를 방금 겪은 엄마는, 그깟 편지가 내 딸에게 이토록 큰 의미였나 하는 어안이 벙

병한 모습이었다.

이사 후 나는 편지들을 다시 책상 서랍에 고이 넣었다. 물론 다시 꺼내 읽을 일은 없다는 것을 알고 있었다. 그저, 나는 나를 사랑하고 아껴주는 누군가가 세상에 있었다는 믿음이 필요했을 뿐이었다. 그러니 그때까지도 내 자존감은 허약했던 모양이었다.

그로부터 몇 년 뒤, 나는 스스로 그 편지들을 버렸다. 잠깐 몇 번의 데이트를 했던 남자와 결국 아무 사이도 되지 못하고 허무하게 이별한 직후였다. 그때 나는 나의 만남들이 비슷한 패턴을 변주하고 있는 것 아닌가, 하는 자각을 막 하기 시작했다.

나의 관계들이 뱅뱅뱅 늘 똑같은 자리를 맴도는 이유가, 내가 사람들을, 특히 남자들을 대할 때 아이처럼 절대적인 사랑을 기대하고 그 당연한 결과로서 실망하는 이유가, 과거의 기억에 대한 집착이 아닐까 싶었다.

사랑은, 아주 구체적으로 내 앞에 오는 것이지, 서랍 속에 보관되는 것이 아니지 않은가. 사랑은 지금의 내가 하는 것이지, 과거의 그가 주는 '너는 사랑받을 만해'라는 확신이 아니지 않은가. 사랑받았던 기억에 대한 집착을, 내가 사랑받을 만한 자격이 없나 하는 두려움을 떨쳐내지 못한다면 나는 정말로 아무것도 시작하지 못할 것 같았다.

아무튼 그래서, 나는 그의 편지들을 버렸다. 기꺼이. 어떤 의식(ritual) 같은 행위였다. 새로운 것을 채우려면 낡은 것을 비워야 한다는. 그런데 신기하게 그 뒤부터 내 만남은 조금씩 달라지기 시작했다. 이전의 관계와 비교하는 일이 줄어들기 시작했고, 온전히 '지금의 나'로서 시작할 수 있었다.

과거를 버리고 나니 지금만 남았고, 예전의 그에 대한 집착을 버리고 나니 내 앞의 그에게 집중할 수 있었다. 아주 느리지만, 나는 분명히 깨달을 수 있었던 작고 분명한 변화였다.

그러니 나에게 편지는 '끝'을 낸 경험이다. 다시 시작할 수 있게 해주는 유용하고 필수적인 끝.

향수

   그녀는 항상 향수를 뿌렸다. 대학 시절, 처음 만났을 때부터 그랬다. 그녀가 다가오면 진한 향기가 훅 끼쳐왔다. 스무 살의 우리들은 향수를 사용한다는 사실조차 낯설었다. 그때는 향수는 커녕, 화장품도 제대로 안 바르고 다니는 일이 흔했다. 로션, 스킨도 안 챙겨 발랐던 나는 그중에서도 특히 무감했던 편이었다.

   우리 대부분은 꾸밀 돈도 없었고, 꾸미는 법도 몰랐고, 무엇보다도 젊음 하나만으로도 충분히 예뻤던 나이었다. 그러니, 남달랐던 그녀의 향수 냄새를 친구들이 좋아했을 리가 없다. 친구 중 한 명은 그녀가 다가오면 냄새 때문에 머리가 아프다며 노골적으로 싫은 티를 내기도 했다. 사실 그런 불평도 무리는 아니었는데, 그녀가 뿌리는 향수의 양과 빈도는 상당해서, 조금 과장하자면 10미터 밖에서도 그녀가 다가오는 것을 감지할 수 있을 정도였으니 말이다.

　나는 그녀와 의외로 죽이 잘 맞았다. 나는 호불호가 분명한 까칠한 성격이었고, 그녀는 포용력이 좋은 무던한 성격이었다. 나는 나와 관계없는 주변의 일에 대해 자주 흥분했고, 불공평한 세상의 이치를 들먹이며 분노했다. 그녀의 반응은 항상 차분했다. 나를 진정시키고 이성적으로 성찰해 보는 데 도움을 주었다.

　생각해 보니 그녀가 화를 내는 것을 본 적이 없다. 그렇다고 그녀가 불의에 무감하고, 감성적으로 차가운 사람이었다는 뜻은 아니다. 그녀가 상황을 좋든 나쁘든 객관적으로 파악했고, 숨겨진 의도가 없는 합리적인 결론을 끌어냈다는 뜻이다. 그리고 나는 그 뒤에 나에 대한 애정이 깔려 있는 것을 느낄 수 있었다.

　대학을 졸업하고 사회에 진출해서도 그녀는 나의 가장 좋은 상담자가 되어주었다. 우리는 주로 카페에서 만났다. 그녀는 여전히 향수를 즐겨 뿌렸다. 내 앞에 앉은 그녀에게서 좋은 냄새가 흘러나왔다.

　그녀는 참을성 있게, 조급한 내 설명이 미처 언급하지 못한 부분에 질문을 해가면서 내 이야기를 들어주었고, 그 안에서 내가 느꼈던 감정에 대해 나도 몰랐던 해석을 더해주었고, 나를 비롯하여 상황 속의 그 누구도 비난하지 않고 다만 이 안에서 내가 어떻게 하면 좋을지에 대해 말해주었다. 그녀의 말은 명징하고 현명하여, 나는 매번 감탄했다.

그래서 그녀는 작가였다. 그녀가 글을 쓰는 사람이 된 것은 숨을 쉬듯 자연스러운 일이었다. 그녀는 가끔 자신이 쓴 글을 보내주었다. 그녀의 글은 그녀를 닮았고, 나는 그녀의 글을 읽는 일이 좋았다. 글에서 그녀가 쓰는 향수 냄새가 풍겨오는 듯도 했다.

고통스러웠던 시절, 지금 내 인생은 온통 진창인데 무엇을 어떻게 해야 할지 하나도 모르겠다고, 아침에 눈을 뜨면 또 하루를 보내야 할 공포감에 숨이 안 쉬어진다고 하는 내 앞에 그녀가 있었다.

"고생한 건 어디로 안 가. 힘든 만큼 얻는 게 있을 거야. 언제일지는 몰라도, 반드시."

그녀는 이 말을 자기를 예로 들어서 했다.

"죽어라 글을 쓰는데 비전이 안 보여. 그래도 시간이 지난 후 돌아보면, 지금의 글이 어떤 의미가 있을 거라는 생각이 들어."

그런 말을 그녀는 여느 때와 마찬가지로 담담하고 침착하게 했다. 역시나 여느 때와 똑같은 의연한 향수를 입고서 말이다.

그녀가 정말 열심히 쓰는 작가였다는 것을 나는 안다. 많이 쓰고, 빨리 쓰고, 쉼 없이 썼다. 글이 안 써지는 슬럼프는 글을 쓰는 것으로 극복할 수밖에 없다고 했다. 그녀가 그저, 하염없이, 자판을 두드리며 썼던 수많은 글들을 나는 읽었다.

고생한 건 어디로 안 가. 그녀의 말은 오랫동안 기억에 남았다. 지금의 고통이 어떤 의미를 가질 수 있으리라는 것, 그 의미를 내가 언젠가는 알 수 있으리라는 것……. 일단은 최선을 다해 보자, 나중 일은 나중에 생각하고, 이러면서 힘낼 수 있었다. 멋진 위로였다.

이제 나는 더 이상 그녀에게 위로받을 수 없다. 그녀는 죽었기 때문이다. 암이었다. 그녀가 젊었기 때문에, 암세포의 증식도 빨랐다고 했다. 발견됐을 때 이미 말기였고, 순식간에 전이되었다.

내가 가장 힘들 때 그녀는 내 옆에 있어주었지만, 그녀가 죽어갈 때 나는 그녀 곁에 있지 못했다. 너무 바빴기 때문이었다.

아니다, 그것은 진실이 아니다. 비겁했기 때문이었다. 그녀의 고통을 마주할 자신이 없었기 때문이었다. 그녀의 영정을 앞에 두고서야, 비로소 실감이 났다.

그녀의 언니에게서 전해들은 그녀는, 마지막 순간까지 딱 그녀다웠다. 눈물을 쏟으면서, 나는 그녀가, 세상에 보기 드문, 자기만의 향기를 가진 사람이었다고 생각했다.

언젠가부터 나도 향수를 즐겨 쓰기 시작했다. 그때그때 어울리는 향기를 찾는 일은, 마음에 드는 옷을 골라 입는 일처럼 재미가 있다. 생각해 보니 그녀는 정말 냄새에 민감했던 것 같다. 내가 뿌리고 나가는 향수를 기가 막히게 알아채곤 했다.

브랜드 네임을 맞추는 것이 아니라 '이거 우리가 지난번 어디서 만났을 때 뿌렸던 거랑 다른 거지? 이번 건 느낌이 좀 더 금속적인데?'라는 식으로. 작가다운 표현이었다. 누군가 나의 향기를 알아채는 것은 기분 좋은 일이라는 것도 나는 그녀 덕분에 알게 된 것일까? 그녀는 내게 정말 많은 것을 주고 갔다.

그녀만큼은 아니더라도, 나도 좋은 향기를 풍기는 사람이 되고 싶다. 얼마 전 구입한 향수가 너무 좋아서 요즘에는 매일 그 향을 쓴다. 부드럽고 산뜻한 향이다. 그것은 부드럽고 산뜻한 사람이 되고 싶다는 나의 바람과 관련이 있을 터이다.

그러니 누군가 그 냄새를 맡고 '어? 이 향기는 평소 당신의 이미지와 딱 어울리는데요?'라고 말해준다면 뛸 듯이 기쁘겠지.

그러고 보면 즐겨 쓰는 향수는, 타인이 보는 이미지보다는 자신이 되고 싶은 이미지와 연동이 되는 것 같다. 그러니 섬세하지 못한 나는 이제야 생각한다. 향수를 진하게 입고 다니던 그녀는, 얼핏 보면 조용하고 눈에 띄지 않는 것 같았지만, 사실은 강하고 독립적인 존재감을 지향하는 사람이었다고.

그런 걸 이제야 깨닫다니, 정말 바보 같다고 생각하지만, 그

녀 앞의 나는 항상 내 문제만으로도 쩔쩔매던 처지였으니까, 너
그러운 그녀는 이해해 주겠지.

　아침에 향수를 뿌릴 때면 가끔 그녀가 떠오른다. 그녀라면 이
향에 대해 뭐라고 품평할지 궁금하다. 그녀의 작가다운 상상력
을 동원한다면 생각지도 못했던 표현이 나올 텐데.

　디퓨저를 선물받았다. 마개를 여니 좋은 향기가 퍼졌다. 침대
옆 탁자 위에 놓아두었다. 은은한 향과 함께 잠들 수 있어 좋았
다. 눈에 보이지 않는 향기는 존재감이 컸다. 생각보다 더 좋은
밤들을 갖게 되었다. 매일 밤 침대에 누울 때마다 나는 더 편안
하고 우아해진 삶을 느꼈다.

　디퓨저를 선물해 준 후배에게 고맙다 했다. 잘 쓰고 있어, 향
기가 정말 좋아. 착한 후배는 뭘 그런 걸 가지고, 하며 쑥스러워
했다. 네가 준 향기 덕분에 내 삶의 질이 달라졌어,까지는 말하
지 못했다. 착한 후배가 화들짝 놀라 손사래를 치면서 뭘 그렇
게까지 오버해요, 할까봐.

　나는 향기 있는 삶을 사랑한다. 향기를 풍기는 사람은 말할
것도 없다.

눈

::: 내 눈으로, 내 안의 좋은 것들을 비출 수 있길

해야겠어!

결정을 내리는 데 10초도 안 걸렸다.

라식수술 얘기다.

몸과 관련된 문제엔 은근 겁이 많은 내가, 그런 과감한 결정을 어쩌면 그렇게 쉽게 했을까는 지금 생각해도 미스터리지만.

여덟 살 때부터 안경을 썼다. 어머나~ 꼬마가 벌써 안경을 썼네. 지나가는 어른들이 안됐다는 듯 머리를 쓰다듬어줬다. 그럴 때마다 엄마는 변명처럼 말했다. 아유~ 속상해요. 집안에 아무도 눈 나쁜 사람이 없는데 애만 이래요.

정작 나는 일찍 안경을 쓴 탓인지 적응이 되어 별 불편을 느

끼지 못했다. 너무 익숙한 나머지 안경을 쓴 채 세수를 한 적도 있고, 안경을 쓰고 '어어? 내 안경이 어딨더라?' 하며 집안을 헤집어놓았던 적도 부지기수다. 안경이 내 몸의 일부로 여겨지는 상태였다.

그랬는데 누가 지나가다 던진 말 한마디에, 안경을 내 삶에서 분리시킬 결심을 하다니. 수술의 공포까지 무릅쓰면서.

정해진 날짜에 수술대에 누웠다. 내 생애 첫 수술이었다.

(정작 수술을 집도하는 의사와 간호사는 안경을 쓰고 있었다. 그 사실이 조금 불안하긴 했다. 지금도 궁금하다. 왜 그분들은 라식수술을 안 한 걸까?)

수술은 금방 끝났다. 어디선가 들은 말로, 안과 수술 수준은 대한민국이 전 세계에서 손꼽힌다더니, 정말 그런가 싶었다. 마취가 풀리면 통증이 심할 거예요. 네 시간 정도 지나면 괜찮을 겁니다. 몇 가지 주의사항을 듣고, 약을 받아 집으로 돌아왔다.

의사의 예언(?)대로, 마취가 풀리면서 정말로 눈이 너무 아파오기 시작했다. 눈물을 줄줄 흘리면서 시계를 봤다. 네 시간 지나면 괜찮을 거라고? 거짓말 같았다. 아무리 의학기술이 발달해도 그렇지, 고통이 사라지는 시간까지 그렇게 딱딱 맞추는 게 가능해? 그러나! 오오, 이 놀라운 과학의 신비. 정말 신기하게도, 네 시간이 지나자 순식간에 아픔이 사라졌다. 그제야 뿌옇던 세상이 또렷하게 눈에 들어오기 시작했다. 그리고.

…… 놀라웠다.

왜냐하면, 그동안 내가 세상을 '작게' 보고 있었다는 걸 알았기 때문이다. 그간 내가 보아온 세상은 나의 안경을 투과하며 (나는 근시였으니까) 일정 비율로 축소되어 있었던 거다. 그러니까 역으로, 라식수술을 마친 내 눈에 보이는 세상은 그동안 내가 보던 세상보다 일정 비율만큼 확대된 것이다. 그야말로 경이로움의 연속이었다. 내내 살아오던 우리집인데, 눈을 돌릴 때마다 놀라고, 놀라고, 또 놀라고…….

"어머, TV가 이렇게 컸어? 어머, 식탁이 이렇게 컸어? 어머, 세면대가 이렇게 컸어? 어머, 화장대와 그 위의 화장품들이 이렇게 컸어? 어머, 어머, 어머……."

눈은 세상을 보는 창이라더니, 정말이었다.

창이 바뀌니 완전히 다른 세상이었다. 바뀐 세상에 적응이 필요했다. 공간과 거리에 대한 감각이 달라졌으니까. 방의 넓이가 달라지고, 몇 걸음을 걸어야 책상 앞에 가 앉을 수 있는지, 그 미묘한 감각이 변했다.

나는 바보처럼 더듬거리기도 하고, 멍하니 헷갈려하기도 하면서 서서히 새로운 눈에 적응해 갔다. 아침에 눈을 뜨면 머리 위로 손을 뻗어 안경을 집으려고 하거나, 코를 찡그려 안경을 올리곤 하던 버릇도 천천히 사라졌다.

얼굴형도 바뀌었다. 20년 넘게 안경이라는 틀에 갇혀 있던 내 얼굴은 또 새롭게 자리를 잡아나갔다. 그 덕분에 성형의혹을 받는 웃지 못할 일도 있었다. 안경은 내 생각보다 훨씬 더 내 얼굴을 규정했던 모양이다. 여담인데, 아는 카메라 감독님 한 분은 지금껏 내가 눈을 키우고 코를 올렸다고 믿고 있다.

감독님, 그저 저는 라식수술을 했을 뿐이에요.

힘주어 말해보았지만 돌아온 답은 이와 같다.

"나 뷰파인더 보는 사람이야. 차라리 귀신을 속여. 그나저나 수술 정말 잘됐다~(찡긋)."

그 후 나도 설득을 포기했는데, 이 자리를 빌려 다시 한 번 시도해 본다.

저는 그저 라식수술을 했을 뿐이라고요.

아무튼 '이 좋은 걸 왜 이제 했지?' 했을 정도로 라식수술에 대한 내 만족도는 최고였는데, 그중 가장 좋았던 그리고 전혀 예상하지 못했던 점은, 내 '눈'을 그대로 드러내놓고 상대방과 마주할 수 있다는 점이었다. 안경이라는 매개체 없이 직접 상대방과 눈을 맞추는 것이 이렇게 재미있는 일이었다니!

가만히 눈을 맞추고 있노라면 직관적으로 그 사람에 대해 알 수 있었다. 눈은 그 사람의 '진짜 마음'을 비추니까. 제아무리 뛰어난 배우라도 감출 수가 없다.(사실 뛰어난 배우는 오히려 눈빛을 잘 활용한다. 입으로는 헤어지자 말해도 눈으로 사랑한다 말하면, 보는 사람들은 사랑하는 진심을 캐치할 수 있다. 오히려 말과 눈빛 사이의 모순 때문에 더 슬퍼 보인다.)

라식수술 이후, 나는 예전보다 훨씬 빈번하게 사람들과 눈을 맞추게 되었다. 눈을 보는 것만큼 소통과 이해에 좋은 행위는 없다. 처음 만나는 자리라도 (실례가 될 정도로 빤히 쳐다보지는 않으려고 노력하면서) 직접 눈을 맞춘다. 이 사람이 어떤 사람인지 아는 일은 앞으로의 관계에 도움이 될 테니까.

그러면 그가 가진 고유의 '어떤 느낌'이 전해져오는데, 지금까지의 경험상 틀렸던 적이 거의 없다. 단순하게 말하면 '눈이 좋은 사람은 다 좋다'.

PD라는 직업상 잘생기고 예쁜 미남미녀를 많이 보는데, '매력'의 핵심 또한 눈빛인 것 같다. 구체적인 생김새는 사실 부차적이다. 눈빛은 그 사람의 전체적인 분위기를 결정한다.

좋은 눈빛은, 즉 맑고 따뜻하고 품위 있고 깊은 눈빛은 다른 외모상의 단점을 커버하고도 남는다. 신인배우 오디션에서 내가 가장 중점을 두는 두 가지는 '눈'과 '목소리'다.(나름 영업비밀이지만, 특별히 공개한다. 이 중 목소리 이야기는 다음 기회에~ 찡긋.)

며칠 전에 우연히 여의도의 한 카페에 들렀다가 아는 얼굴을 발견했다. 선배는 나를 보지 못했다. 다가가 인사를 하려다가

관두었다. 그는 마주 앉은 사람과 열심히 대화중이었다. 선배의 몸이 탁자 앞으로 기울여 있었던 것을 보면 중요한 자리인가 보았다.

주문한 커피를 기다리면서, 조금 떨어진 곳에서 나는 그를 지켜보았다. 작은 돌이 신발 안에서 굴러다니듯, 마음이 꺼끌거렸다. 분명 내가 아는 선배 맞는데, 완전히 다른 사람 같았다. 왜냐면……

그가 내 기억과 완전히 다른 눈빛을 하고 있었기 때문에.

마지막으로 보았을 때 그의 눈빛은 발랄했다. 어때? 재밌겠지? 장난스러운 열정 같은 게 눈 밑에 숨어 있다가 톡, 튀어나왔다. 우리가 만나지 못했던 몇 년의 시간 동안, 선배에게 무슨 일이 있었는지 나는 알지 못한다. 다만, 지금의 그가 그때의 그와 완전히 다른 사람인 건 분명히 알겠다. 저기 앉은 불안한 눈빛의 중년 남자가 내가 아는 사람이라고 말해도 되나? 자신이 없었다.

갓 나온 뜨거운 커피를 받아들고 나는 조용히 카페를 나섰다. 왠지 다시는 그를 마주하지 못할 것 같은 예감도 따라 나왔다.

아침마다 거울로 내 눈을 비춰봐야겠다고 결심했다. 세상을 보는 창일 뿐 아니라, 내 속을 내보이는 창으로서 내 눈이니까. 피부 관리, 몸매 관리 이상으로 '눈빛 관리'를 중요하게 해야겠다고.

　내 눈에서 반짝이는 생기가 비치기를, 내 안의 좋은 것들을
내 눈으로 비춰낼 수 있기를 기도하면서. 눈이 마주쳤을 때 기
분 좋은 에너지를 줄 수 있는 사람이 되기를 바라면서.

.

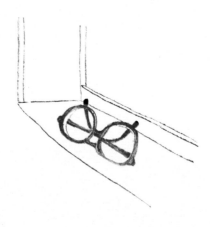

안경이라는 매개체 없이 직접 상대방과 눈을 맞추는 것이
이렇게 재미있는 일이었다니!

자동차

::: 내 안에 속물이 살고 있었습니다

한창 소개팅에 열을 올리던 시절이 있었다. 도대체 어디에 나의 '그 사람(the one)'이 있는 건지 두리번거리기에 지쳤을 때, 그래서 바지만 입으면 남자지 벌거 있냐는 주변의 말들을 진심 믿고 싶어졌을 때 '그래, 적당히 아무나 만나 맞춰 지내면 되지' 반쯤 자포자기의 심정이 되어 토요일마다 격주로 강남의 카페로 나가 앉았다.

이 정도면 초면에 결례는 아니겠지 싶은 정도로 치장하고, 피상적이기 그지없는(어쩌면 실제와 무관한) 자기소개를 나누고, 상대방의 이야기를 듣고 웃고 고개를 끄덕여주는 일은 생각보다 대단한 노동이었다.

그렇게 두세 시간이 흐르고 집에 돌아올 즈음에는 이게 뭐하
는 짓인가, 이렇게 내 남자를 찾는다는 게 가능하기나 한 것인
가, 하는 회의감과 자괴감으로 파김치가 되어 침대 위로 쓰러지
곤 했다.

솔직히 처음에는 재미있었다. 세상에는 정말 다양한 남자가
있구나 하는 신기한 맛도 있었고, 애프터 신청에 으쓱하는 마음
도 있었다. 의외로 애프터 신청을 받는 확률이 꽤 높았기 때문
이다. 아마도 '리액션'이 좋았기 때문이겠지.

내겐 다년간의 사회생활에서 살아남으려 발버둥치며 체득한
'스킬'이 있었다. 잘 들어주고(눈을 맞추는 것이 좋다), 웃어주고
(오버하지 말고 정말 재미있다는 듯), 적절한 타이밍에 질문해 주고
(두 종류의 질문이 있다. '어머, 그래서 그랬다구요?' 같은 재확인 또는
'그래서 어떻게 됐나요?' 같은 의문), 적당한 감탄사로 호응해 주는
것(아네, 그러네요. 그러셨구나. 고개 끄덕임도 포함).

그렇지만 그 재미가 오래갈 리가 있겠는가. 똑같은 과정이 격
주로 반복되는데. 왜 모든 소개팅의 흐름은, 틀에 찍어낸 붕어
빵처럼, 학원에서 '소개팅 개론'을 함께 수강이라도 하고 온 듯,
이토록 똑같은 건지!

그래서 나는, 어디에 있는지 도무지 갈피를 잡을 수 없는 미
지의 내 남자에 대한 분노와 '이제 이 짓도 그만둬야겠어!'라는
허무감에 휩싸여 너덜너덜해진 속을 안고, 그날도 비척비척 청

담동 한 카페의 무거운 문을 밀어젖혔던 것이다. 그리고.

그곳에 그가 있었다.

그가 나를 발견하고서는 자리에서 일어났다. 늘 하던 대로 형식적인 인사를 나누고 마주앉아 커피를 주문했다. 연이은 소개팅 덕분에 커피 맛이 익숙해져버린 카페였다. 내 앞에 앉은 이 남자도 여기가 처음은 아니겠지, 그런 생각을 했다.

그는 아주 모범적인 스타일이었다. 명문대 출신의 공무원으로서 단정하게 깎은 머리, 넥타이까지 맨 딱 떨어지는 슈트 차림에 키도 크고 얼굴도 잘생긴 훈남이었다.

틈만 나면 피트니스 센터에서 운동을 하는 게 유일한 취미라는데, 정말 그런가 싶었던 것이, 그의 잘 다듬어진 근육들은 슈트를 덮은 채로도 충분히 그 존재를 드러내고 있었기 때문이다. (물론 그 근육질의 몸을 예리하게 투시해 낼 수 있었던 내 연륜도 무시할 수 없을 터.) 웬만한 연예인이나 트레이너에 견주어도 결코 뒤지지 않을 아름다운 육체성(!)을 가진 남자였다.

소개팅에서 탄탄한 '왕(王)'자가 새겨진 복근을 가진 남자가 나타났던 일은 그 전에도 그 후에도 없었으므로, 일단은 진귀한 일이었고, 출렁한 뱃살보다는 당연히 환영할 만한 사건이었다.

짧은 감탄이 지나간 뒤, 나는 하늘의 공평함을 느꼈다.

사람이 다 가질 수는 없는 거구나.

재미가 없다! 없어도 너무 없다!

그는 어떤 이야기도 정말 지루하게 하는 재주를 가지고 있었다. 하기야 그것도 재능이라면 재능이겠다. 준수한 그의 용모 때문에라도 웬만하면 견뎌보려고 했다.

이런 아름다운 육체성의 남자를 나 정도의 평범한 육체성을 가진 여자가 거부하는 건 오만이 아니겠냐고, 몸이 이만한데 재미까지 기대하는 건 너무 엄격한 잣대 아니겠냐고, 나의 지난 역사 어디에도 '왕'자 복근의 남자는 없었으니 새로운 경험 차원에서라도 이 만남에 최선을 다해야 하는 것이 아니겠냐고, 나를 달래느라 속이 분주했다.

커피를 리필해 가며 석 잔을 들이켠 것은 그래서였는지도 모른다. 그러나 입가를 실룩여 애써 미소 지으며 그 남자 몰래 시계를 들여다보고서, 겨우 한 시간이 지난 것을 알았을 때의 절망감이란!

그래, 나란 여자는 남자의 잘생긴 얼굴에도, 근사한 육체에도 미혹되지 않는, 오직 진정한 사랑만을 원하는 맑은 물 같은 여자구나.

…… 제길.

1초가 1분 같던 시간이 끝나고 마침내 자리에서 일어섰다. 육

중한 카페의 문을 열고 비스듬히 서서 내가 먼저 나가도록 해준 그 남자는 매너도 좋았다. 그런데도 나는 카페 안 대화가 얼마나 고단했던지 바깥의 공기에서 엄청난 해방감을 느꼈다.

내가 먼저 예의 바르게 인사.

"오늘 즐거웠습니다. 들어가 보겠습니다."

즐겁기는 개뿔. 예절이란 이럴 때 보면 참 유용하면서도 가증스럽다. 그 남자의 대답.

"댁이 어디세요? 모셔다 드릴게요."

그때 주차요원이 발레파킹으로 맡겼던 그 남자의 차를 운전해 우리 앞에 세웠다. A사의 고급외제차였다. 그 남자의 공무원 연봉으로는 도저히 살 수 없을 비싼 차.

그 순간, 흘려들었던 그 남자의 주소가 부자들이 많이 산다는 동네라는 점에 생각이 미쳤고(이 남자뿐 아니라 남자의 부모가 돈이 많을 것이다), 보지는 못했으나 충분히 느낄 수 있었던 그 남자의 근육들이 머릿속에서 재평가되기 시작했다(저 정도의 자기관리 능력이면 이 정도의 차를 소유할 자격이 있지. 암, 그렇고말고).

그래서 나는 그 남자의 차에 탔다.

남자는 내가 사는 곳을 묻고 능숙하게 차를 몰아 카페 주차장을 빠져나갔다.

그리고 나는 내 머릿속에서 떠오른 생각에 경악했다.

'일단 이 남자를 세 번 정도는 더 만나보자.'

마주앉아 커피를 마시는 한 시간을 고문처럼 겪은 직후였는데도, 나는 그 남자의 차를 보고서, 그와의 만남을 일단은 이어가보기로 마음을 바꾼 것이다. 그러니까 그때 나는 단순히 그의 차종을 알게 된 것이 아니고, 내 안의 속물근성과 처음 조우한 것이다.

그랬다. 고고한 척하면서 '남자의 학벌, 재산, 집안 그런 건 하나도 중요하지 않아. 오직 중요한 것은 두 사람 사이의 느낌뿐이야'라고 믿고 있었다고 믿고 있었던 나는, 적어도 그 순간은 그에게 느끼는 감정보다 그가 가진 차종이 더 중요했던 사람이었던 거다. (정말 '감정'은 없었다. 그는 아무 맛이 느껴지지 않는 맹물 같은 남자였다. 흑흑.)

돈 같은 건 중요하지 않다고 말해왔지만, 내 어떤 기준에서도 돈을 완전히 제치지는 않았던 거다.

쳇, 맑은 물 좋아하시네.

나는 그 남자를 정말로 딱 세 번 만났다. 지루해 죽을 뻔하면서도, 그 남자의 숨은 재산에 대한 상상과 호기심으로 나 자신을 설득하여 다음 만남으로 이어갈 수 있었다. 그렇다고 해서 없던 재미가 생기지는 않았다. 세상에 '재미없기 대회' 같은 것이 있다면, 그는 최소한 메달권 안에는 어렵지 않게 들 거라고 나는 단호히 말할 수 있다.

내 안의 속물이 시작한 만남은 역시나 내 안의 속물로 인해 끝났다. 그 남자의 집이 전혀 부유하지 않다는 사실을 알게 된 것이다.

세 번째 만남에서 그는 꽤 진지하게 자신의 사정을 털어놓았다. 머리는 좋은 남자였으니, 내가 풍겨냈던 속물근성을 본능적으로 감지한 건지도 모르겠다. 그래서 그는 자신의 진짜 상황에 대한 내 리액션을 보고, 우리의 관계를 진전시킬지 말지를 결정하려 했던 것 같다. 그는 겉보기와 달리 집안의 어떤 뒷받침도 없고 도리어 감당해야 할 빚까지 있는 집안의 장남이었다. 애석하게도 차는 그의 것이 아니었다. 그의 부유한 사촌형제의 것이었다. 그 이야기를 듣고 돌아온 날, 나는 휴대폰에서 그의 전화번호를 지웠다.

내 안에도 속물이 살고 있다. 나는 그것을 잘 안다. 그것이 막 싫지도 않다. 그냥 내가 가지고 있는 한 측면으로 받아들이고 있다. 적어도 이젠 고고한 척 위선을 떠는 일은 없다. 내가 진짜 원하는 것이 무엇인지 솔직해야 한다고 생각한다.

좋은 차를 타는 남자가 좋지만, 차보다 중요한 것이 그 차를 타는 사람이라는 것쯤은 알게 되었다. 그러니 나는 확실히 내 안의 속물근성과 처음 조우했던 그 순간보다는 성숙한 것 같다.

몸살

오랜만에 몸살감기가 왔다. 아침마다 몸이 찌뿌둥하고 밤마다 팔다리가 쑤신다 생각하며 픽 침대에 쓰러지기를 며칠 하더니, 드디어 편도선이 부었다. 침을 삼킬 때마다 아프고 온몸에 열감이 느껴졌다. 그래, 지난 몇 달 동안 내 스케줄이 좀 강행군이긴 했지. 그동안 버틴 것도 용하다 싶었다.

항생제를 먹으면 바로 속이 뒤집어지는 체질 탓에, 한의원으로 갔다. 언제 보아도 서글서글하고 친절한 한의사 선생님이 반가이 맞아주셨다. 누워서 15분간 침을 꽂고 있으니 부은 목이 좀 가라앉는 것 같았다. 몸살인가요? 내 질문에 차트를 뒤적이던 한의사 선생님이 대뜸 묻는다.

"올해 나이가 몇이죠?"

나의 나이. 이토록 쉽고 명료한 질문에 나는 잠시 답을 하지 못했다. 내 나이? 내가 몇 살이었더라?

서른을 넘기고 나서부터 나는, 내 인생만큼은 나이 먹는 일로부터 예외인 것처럼 굴었다. 누군가 그러지 않았던가. '나이에 대해 말하자면 일단 생각하지 않는 게 제일 좋습니다'라고.

그러니 내 나이가 몇 살인지, 자동으로 숫자가 머릿속에 떠오르지 않는 것도 당연했다. 나는 나이와 무관해진 지 오래였으니까.

나는 소심하게 되물었다.

"그런데…… 나이가 왜요?"

한의사 선생님은 쾌활하게 대답했다.

"그게요, 나이 들면 어쩔 수가 없어요."

나이가 들면 회복력이 떨어지는 건 어쩔 수 없다는 거다. 몸살감기에 걸려도 더 오래갈 수 있다는 뜻이다. 신체적 건강이 예전만큼 못한 건 당연한 거고, 그러니 더 제대로 몸을 관리해 주어야 한다는 거다. 특히 나처럼 스트레스가 많고 몸을 많이 쓰는 직업에 종사하는 사람은 더 그렇다고 했다. 생각해 보면 당연한 이야기다.

그 말마따나 나이 탓이었을까, 그 몸살감기는 낫는 데 정말 오래 걸렸다. 꼭 해야 하는 일, 미룰 수 없는 일들이 너무 많아서

치료를 받는 중에도 쉴 수가 없었고, 이제는 내 인생의 벗처럼 느껴지기까지 하는 스트레스는 변함없이 상존하고 있었으니까.

부은 편도선은 이틀 만에 가라앉았지만 바로 콧물이 줄줄 흐르기 시작했고, 며칠간 티슈와 물티슈를 구비해 다니며 코를 풀어댄 후 증상은 기침으로 옮아갔다. 가래가 끓는 기침이 일주일 이상 이어졌다. 침을 맞고 약을 먹으면서 나는 겨우 일상을 '펑크 내지 않고' 유지할 수 있었다.

이제 나는 대충 먹고, 시간이 안 맞으면 굶고, 잦은 음주를 하고, 불규칙하게 밤을 새워도 하루만 지나면 말짱해지는 시기를 지난 거였다.

스무 살 때는 감기에 걸린 나에게 선배가 '감기? 그까짓 거 소주에 고춧가루 타서 마시면 내일 다 나아. 딱 나아' 이러면서 정말로 고춧가루를 탄 소주잔을 건넸고, 나도 반은 재미삼아, 반은 정말 그럴까 싶은 호기심으로 그 잔을 원샷하고, 정말 다음 날 아침 가뿐한 기분으로 일어나면서 '어라? 그게 정말 효과가 있는 걸까?' 하며 갸웃거리는 일도 있었던 것 같지만.

지금은 꿈도 못 꿀 일이다. 그러니 나의 나이에 대한 자각은, 그때 몸살감기와 함께 왔다고 해도 과언은 아닐 것이다.

그러고 보니, 내가 나이를 먹는구나 싶은 변화는 꽤 많다. 대수롭지 않게, 서서히 겪어왔을 뿐. 어쩌면 모르는 체 외면하고 싶었을 뿐. 일례로 염색을 꼬박꼬박 한 지가 만 2년이 되어 간다. 멋을 내기 위한 것이 아니다. 철저하게 새치 커버용이다.

기왕 하는 김에 유행하는 컬러로 물들일 수야 있겠지만, 그게 본 목적은 아니라는 뜻이다. 사실 나는 갈색을 띠는 내 원래 머리색을 마음에 들어 했으니.

예전에는 한두 개의 새치가 눈에 띄면 바로 뽑았다. 엇, 새치다! 좀 오버하자면 보물을 찾은 것처럼 신기하고 재밌기까지 했다. 해가 갈수록 새치는 늘어났다. 마음먹고 뽑기 시작하면 수십 개를 순식간에 뽑을 수 있는 정도까지 왔다. (나는 새치를 한 개 뽑은 자리에 두 개 난다는 속설은 믿지 않는다. 그리고 난 머리숱이 많은 편이다.)

주변 사람들이 내 머리를 보고 '어머! 흰머리가 이렇게!' 하면서 놀라는 일을 몇 번 겪은 뒤, 나는 새치 뽑는 일을 포기했다. 그 대신 헤어숍에 갔다. 헤어 디자이너에게 이 염색의 제1의 목적이 '새치 커버'임을 강조했고, 그에 따라 컬러가 설정되었다. 그때부터 나의 일상에 '뿌리 염색'이 추가되었다.

나의 머리카락은 지금 이 순간까지도 쑥쑥 자라고 있고, 그만큼 흰 뿌리들이 모습을 드러내는 구역이 있다. 아무리 게으름을 피워도 채 두 달이 되기 전에 다시 뿌리 염색을 해야 하고, 그때마다 나와 헤어 디자이너의 대화 내용은 대체로 유사하다.

나의 '내 머리는 왜 이렇게 빨리 자라느냐'라는 한탄, 그의 '그래도 당신은 또래에 비해 흰머리가 많은 편은 아니다'라는 위로. 그 위로를 전적으로 믿을 수는 없지만, 한편으론 몹시 믿고 싶다.

좀 이상한 것이, 비교적 솔직한 성격인 나인데, 내가 주기적으로 '뿌리 염색'을 한다는 사실만큼은 입을 꾹 닫고 지냈다.

염색을 하지 않으면 흰머리가 너무 보여서 말이야,라는 말을 아무렇지도 않게 하기에 나는 '나이 듦'에 적응하지 못한 상태였다. 왜 그런 기분 있잖은가. 무언가를 입 밖에 내어 말하는 순간, 그것이 기정사실이 되어버리는 것 같은.

그러니 나의 무의식은, 내가 늙어가고 있다는 이 당연한 사실을 받아들이지 못하고 있었나 보다.

대학 시절 친구들을 만나 커피와 수다를 나누고 있을 때였다. 다르면서 닮은 각자의 삶을 살아가고 있는 오래된 친구들은 유사한 전쟁터의 전우 같았다. 그래서였을까. 대화 중에 나는 불쑥 내뱉었다.

"사실 나 염색해. 새치 때문에."

순간 미묘한 긴장감이 흘렀다. 그 의미를 알 수 없어 당황스러웠다. 그리고 한 친구가 입을 열었다.

"난 3년째야."

친구 역시 새치 때문에 염색을 시작한 지 2년이 넘었다는 거

그러고 보니, 내가 나이를 먹는구나 싶은 변화는 꽤 많다.
대수롭지 않게, 서서히 겪어왔을 뿐.
어쩌면 모르는 체 외면하고 싶었을 뿐.

다. 내가 되받았다.

"난 2년째데."

그 자리에 있던 우리 모두가 비실비실 웃기 시작했다. 다 비슷했다. 다 나이를 먹어가고 있었고, 늙어가는 과정을 겪어내고 있었다. 나만 특별한 것이 아니었다. 그것은 아주 보편적인 사실이었고, 그 사실을 어떤 식으로 받아들일지는 각자의 몫이었다.

사실 여전히 어색하다. 내 나이를 묻는 누군가에게 답하는 일이. 나이 들어간다는 사실을 부정하고 싶은 마음도 여전하다. 그래서 타고난 몸치에 운동은 젬병인 내가 필라테스와 헬스를 하고, 스킨 하나 쓱쓱 바르고 맨얼굴로 다니던 내가 이제 비비크림만큼은 꼭 챙겨 바른다. 헤어스타일을 바꿀 때 제1의 요구사항은 '어려 보이게요'이고, 잡지나 인터넷에서 '동안비법'과 관련된 기사라도 나올라 치면 눈이 번쩍 뜨인다.

그래도, 서서히 나이 들어가는 일에 익숙해져야겠다는 생각은 하기 시작했다. 그것은 자연스러운 과정이니까. 어릴 때 보았던 지금 내 나이대의 사람들은 까마득한 어른 같았다. 나는 그런 어른이 된 것일까.

얼마 전 우연히 나이 든 아줌마 두 명의 싸움을 시작부터 끝까지 목격하게 되었다. 두 사람은, 보는 사람들 얼굴이 화끈거릴 정도로, 아주 유치한 이유로, 아주 천박하게 싸웠다. 나이만 먹었지 속은 어린애구나 싶었다.

나이에 걸맞은 현명함을 갖추며 늙어가고 싶다. 제대로 된 어른으로 나이 들고 싶다. 마음이 성숙해지지 못한다면, 정말 나이는 그냥 숫자에 불과한 것이다.

취중진담

그 사람과 술을 마셨다. 단둘이 술을 마실 정도로 친한 사이는 아니었는데 뜻밖에 그가 술자리를 청해왔다. 하기야, 속속들이 사정을 아는 사람보다는 적당히 거리감이 있는 지인이 오히려 술상대로 편할 수도 있겠다 생각했다. 사실 지금도 왜 내가 그의 술자리 대화 상대로 선택되었는지, 그 정확한 이유를 모른다. 아무튼 고급 바에서 고급 와인, '잘나가는' 그가 마련한 술자리니만큼 덩달아 호사를 누렸다.

주로 이야기를 한 사람은 그였다. 나는 그저 들었다. 아주 오랫동안 아무하고도 말을 못 한 사람처럼 그는 자신의 이야기를 쏟아냈다. 나는 좀 충격을 받았다. 겉보기에 아무 문제가 없어 보이는 사회적으로 성공한 남자. 그의 속이 너무나 상처투성이였기 때문이다. 엄청난 수입도, 멀쩡한 가정도 그를 행복하게 만들지 못했다. 그의 내면에는 '애정결핍인 어린 소년'이 살고 있었다. 든든한 어른에게 의지하고 싶은, 칭찬과 사랑이 필요한 어린아이.

그는 벗어나고 싶다 했다. 자신이 더 이상 자유로울 수 없다는 것도 알고 있다 했다.

"이제 그 정도 자리에 섰으니 마음 놓고 누려도 되지 않나요? 여행이든 휴식이든, 심지어 몰래 하는 연애라도 자신을 위해서 해도 되지 않을까요?"

그는 발칙한 내 위로에 고개를 저었다.

"됐어요, 이제 와 무슨…… 지금의 삶이 맘에 들진 않지만 바꿀 용기도 안 나요. 난 그냥 끝이에요."

더 이상 할 말이 없었다. 가족이고 일이고 다 버리고 떠나세요, 이런 말을 할 수는 없잖은가. 내가 뭐라고. 나도 맨날 고단한 일상에 발목 잡혀 사는 주제에. 그의 가족도, 애인도, 돈줄도 될 수 없는, 그저 우연히 합석해서 술 한잔 함께 기울일 뿐인 타인으로서 내가, 주제넘게 무슨 충고를 하겠느냐고.

그동안 나는 그를 볼 때마다 '저 사람은 세상에 부러운 게 뭘까' 생각했다. 저렇게 다 갖기도 힘들겠다 생각했다. 잘생긴 외모와 돈, 명예, 여유가 넘치는 성격……. 저런 사람이 있다는 건

애초부터 우주가 불공평하다는 증거지. 그랬다. 그런데 비싼 와인을 한 모금 마시고 나서 그가 말한다.

"난 행복해지려고 여기까지 달려왔는데, 정작 그것 빼고 다 가진 것 같아요."

그 말투가 하도 처연해서, 가슴이 찌르르 아파왔다. 진심이구나 생각했다. 내가 보기에 그는 정말로 다 가졌으니까. 그런데 또한 그는 정말로 행복해 보이지 않았으니까.

본의 아니게 타인의 깊은 속이야기를 듣게 될 때가 있다. 그날의 술자리 또한 그랬다. 다른 일이 있어서 나는 좀 늦었다. 이미 분위기는 중반을 넘어서 있었다. 근 10명이 넘는 사람들이 자리하고 있었는데, 얼마나 부어라 마셔라 했는지 멀쩡한 사람이 거의 없었다.

안쓰러운 마음이 일었다. 우리 모두는, 때로는 술로 정신을 놓아버리고 싶은 고단한 삶을 사는 것이다.

"왔어?"

네 번의 집요한 전화로 나를 그 자리에 불러낸 선배가 게슴츠레해진 눈을 들어 인사를 한다. 경험상 그는 얼마 후면 탁자에 고개를 박고 고꾸라질 터였다. 또 당했군. 한심한 기분으로 공간이 남아 있던 구석의 의자를 빼서 앉았다. 누가 시켰는지 곧바로 내 앞에 넘실넘실한 호프잔이 놓였다. 싸한 기운이 목을 타고 넘어갔다.

"와이프랑 하면 잘 안 돼."

그 술자리에서 내 옆에 앉아 있던 T의 고민이었다. T는 이미 만취 상태였다. 허걱, 내가 왜 그에게 이런 말을 들어야 하지? 나는 T와 친한 사이가 아니다. 그저 얼굴 알고 인사나 나누는 사이에 불과했다. 보아하니 T는 내일 아침이 되면 자신이 이런 말을 했다는 사실조차 기억을 못 할 것이 분명했다.

그래서 나는 난감한 채, 주절대는 그의 주정을 듣고 말았다. 상상도 할 수 없었던 그 남자의 사정에 대해. 그러면서 생각했다.

우리는 남에 대해 너무나 모르고 산다. 그러니 타인을 함부로 판단하는 일이 매우 폭력적일 수도 있겠다. 내가 타인을 판단하는 만큼 타인도 나를 판단할 테니.

생각해 보니 그런 일들이 꽤 많다. 일례로 나는 동물을 무서워한다. 싫은 게 아니고, 정말 무섭다. 그 공포감은 동물의 종류나 크기와는 무관하다. 인간 이외의 모든 동물이 가까이에 있으면 겁이 나서 피한다. 그 동물이 손바닥만 한 크기의 강아지여도 마찬가지다. 그 공포는 아주 본능적이어서 거의 100미터 앞에 있는 강아지의 존재를 순식간에 감지하는 사람이 바로 나다. 거의 진기명기 수준이다. 바로 오던 길을 되돌아간다. 단지 강아지와 마주치지 않기 위하여.

그런 내 모습을 보면 사람들은 놀란다. 에이~ 강아지가 얼마나 귀여운데요. 장난치시는 거죠? 여전히 진지하게 공포스러워하는 나를 보며 사람들은 점점 나의 진실을 받아들인다. 정말요? 정말 저게 무섭다고요? 흐음, 보기와 많이 다르시네요. 말투와 표정에 일말의 미심쩍음이 남아 있는 채로.

보기와 많이 다르다고? 보기에 어떤데, 내가?

대개 나는 강단 있는 이미지라고 들었다. 좋게 말하면 자신감이 있고, 나쁘게 말하면 드세 보이는. 그러니 털이 복슬복슬한 까만 눈의 강아지를 무섭다고 징징대는 내 모습이 어색하지 않을 도리가 있나. 심지어 이런 말을 들은 적도 있다.

약한 척하는 거 아니에요? 한술 더 떠 이어지는 말. 귀여운 척하는 거 아니에요?

억울하다! 귀……귀여운 척이라니.

내가 고작 '귀엽고 싶어서' 손바닥만 한 강아지가 무섭다고 연약한 연기를 한단 말인가? 내 전 재산을 걸고 단호하게 주장한다. 적어도 나는 그 정도의 하수는 아니라고. 그저 귀여운 강아지를 공포의 대상으로 느끼는 것이 복잡한 나의 한 일면이라는 것, 그게 내가 말할 수 있는 진실의 전부다.

언젠가부터 자기소개를 해야 하는 시간이 난감해지기 시작했다. 처음 만나는 사람 앞에서 처음 참석하는 자리에서 '나'에 대해, 기왕이면 일목요연하게 설명하는 일은 의외로 어려운데, 살아가면 살아갈수록 내가 누구인지 나 자신도 잘 모르겠기 때문이다. 오죽하면 인류역사상 최고의 계시라는 델포이 신전의 신탁이 '너 자신을 알라'겠는가.

그래서 결국에는 이름과 나이, 직업(또는 현재 직장) 등 가장 흔한 지표로, 조금 더 자세히 필요하다면 취미 정도를 더해서 진부하기 짝이 없는 나에 대한 설명을 완성하게 마련이다. 그런 후에 속에서 일어나는 내가 말한 내가 진짜 내가 맞는지에 대한 갸웃거림은 대부분 무시하고.

얼마 전에 이런 말을 들었다.

"난 네가 까칠한 줄 알았어."

까칠한 줄 알았는데, 아니었다는 얘기. 사실 나는 꽤 까칠한 데가 있다. 동시에 '의외로' 매우 무던하기도 하다. 나는 까칠하기도 하고 무던하기도 하다. 둘 다 나다. 그는 그때 나의 무던함을 새로이 발견했던 모양이다. 보다 복잡한 존재로서 나를 이해받았으니 오해가 풀린 순간이라고 보아도 될 것 같다.

그러니 오해받는 것을, 다른 사람들이 내 본모습을 몰라주는 것을 두려워할 필요는 없을지도 모른다. 누군가의 말을 빌리자면, 모든 이해는 오해니까. 나도 남을 오해하며 산다. 남들도 그러하다. 다만, 나의 이해가 오해일 가능성, 타인이 상상도 할 수 없을 새로운 일면을 갖고 있을 가능성을 열어두고 지내기만 하

면 된다.

그러면 뜻밖의 선물처럼 스르륵, 오해가 풀리는 순간을 만날 수 있다. 그리고 그 순간, 우리는 성큼 가까워질 수 있다.

사람은 복잡한 존재다. 나만큼, 남도 복잡하다.

사람은 다 그렇다.

인기

::: 그 땐 하늘 높은 줄 몰랐죠

"그땐 말이야, 내가 계속 꼭대기에 있을 줄 알았어."

P가 소주 한 잔을 원샷하고 탁자 위에 탁, 내려놓는다. 그는 연예계에 뛰어든 지 벌써 20년에 접어든 중견 배우다.

P에 대한 나의 첫인상은 평범하고 무던한 배우라는 것이었고 (이곳엔 워낙 튀는 사람이 많으니까), 함께 일을 해보니 성실하고 겸손해서 더욱 호감이 갔다. (그 정도 연륜과 지명도치고는 참 소박한 사람이었다.)

"나, 예전엔 장난 아니었어."

P가 말했다. 한참 더 친해진 후였다.

"에에? 정말요? 상상이 안 되는데?"

P가 웃는다.

"건방이 하늘을 찔렀지. 진짜 재수 없었을 거야."

처음으로 P의 지난 이야기를 듣게 되었다.

데뷔를 하고 얼마 지나지 않아 P는 '떴다'. 갑자기 모든 사람들이 자기를 알아보는 삶이 시작된 것이다. 돈과 명성이 너무나 쉽게 손에 잡히는 나날들, 마치 태어날 때부터 그러했던 것처럼.

P는 그때 정말 '하늘에 떠 있는 것처럼' 느껴졌다고 했다. 그 상태가 영원히 지속될 것 같았다고 했다. 이상한 것은, 언젠가는 내리막이 찾아올 것이고 이 인기도 사라질 수 있다는 생각이 전혀, 정말 1퍼센트도 들지 않았다고 했다.

"그때 누리는 모든 것이 너무 당연하게 느껴지는 거야. 난 원래부터 그렇게 타고난 것처럼."

최악은, 자신이 받는 사랑에 대해 감사하는 마음이 없었다는 거라고. 오히려 유명세에 따른 불편함을 더 자각하게 됐다고 했다. 사람들이 알아보고 사인해 달라는 것도 짜증나고, 밀려들어오는 프로그램 섭외도 귀찮았다고.

"근데 말이야, 무너지는 건 정말 한순간이더라고."

빨리 스타덤에 오른 만큼 내려오는 속도도 빨랐다. 어느 날 문득 프로그램 섭외가 뚝 끊겼다. 말 그대로 어느 날 문득. 길을 다닐 때 사람들이 알아보는 건 여전했지만, 사인해 달라는 요청

대신 이렇게 묻기 시작하더라고 했다.

왜 요즘엔 TV에 안 나오세요?

돈도, 명예도, 하늘에 떠 있는 구름처럼, 한순간에 사라졌다.

P는 한참의 슬럼프를 겪어야 했다. 처음에는 일시적인 상황일 거라 부정하다가, 당시의 상태를 받아들이고 초심으로 다시 시작하자 마음먹기까지 정말 많이 고통스러웠다고 했다. '꼭대기'에 있을 때는 늘 주변에 사람들이 북적였는데, 인기가 사그라지면서 그 사람들도 모조리 사라졌다, 언제 그랬냐는 듯. 대놓고 손가락질을 하는 사람들도 있었다.

오만방자하게 까불더니, 쌤통이다, 홍!

"그때 내가 워낙 못되게 굴었거든."

망치는 건 순간이었는데, 망가진 인간관계를 하나씩 회복해나가는 데에는 그 몇 배의 시간과 노력이 들었다. 돈을 벌기는 어려워도, 돈이 사라지는 것은 순식간이듯. 세상사가 대체로 그렇듯.

"지금은 좋아. 그때보다 지금이 더 좋아."

P가 웃는다.

생각해 보니, 나에게도 이른바 '리즈 시절'이 있다. 여고시절, 보이시한 타입이었던 나는 인기가 많았다. 팬클럽도 있었다. (큼큼) 빈약한 회원수이긴 했지만, 그래도 팬클럽은 팬클럽이었다.

(그때 내 팬클럽 회장이었던 경아는 지금 어디서 무엇을 하고 있을까.)

그 시절 나는 정말 많은 꽃을 받았다. 아침에 등교하면, 잠깐 자리를 비웠다 돌아오면 책상 위에 꽃이 놓여 있곤 했다. 누가 준 것인지 알 수 없는 꽃들도 많았다. 학교 앞 꽃집은 이런 수요로 운영되는 것이군, 하고 세상 돌아가는 중요한 이치를 깨달은 듯 거만하게 끄덕거렸다.

축제 때 사회를 보고 무대에서 내려오는데 우르르 한 떼의 친구들과 후배들이 몰려와 한꺼번에 들 수도 없는 꽃다발 무더기를 안겼을 때, 나는 정말 내가 뭐라도 된 줄 알았다.

아, 인기의 맛. 노력 없이 사랑을 받은 경험. 그래서 사람들의 호의를 당연하게, 심지어 대수롭지 않게 여겼던 경험.

그리고 그것은 순식간에 사라졌다.

당연하다. 온 대한민국을 들썩이게 만든 톱스타의 인기도 내리막이 있을진대, 일개 여고생으로서 내가 누린 한줌도 안 되는 그것이야 더 말해서 무엇하랴. 고3이 되고, 입시가 발등의 불이 되고, 모두가 각자의 레이스를 힘겹게 뛰어야 하는 시간이 오니 인기도 뜸해졌다. 그래도 후배들을 중심으로 간간이 이어지던 팬클럽 활동(?)은 졸업과 함께 완전히 사라졌다. 말 그대로, 물거품처럼.

그때 인기의 허망함을 깨달은 게 내가 삶을 꾸려가는 데 도움이 되었으려나. 알아야 할 것들을 배웠으니 그렇다고 말할 수 있겠다. 올라감이 있으면 내려옴도 있다. 어떤 것도 영원할 수는 없다. 내가 누리는 모든 것은 당연하지 않다. 그러니 감사할 줄 알아야 한다.

이제 P는 그저 성실하게 살아가는 배우다. 말했듯이, 인기가 예전 같지는 않다. 누가 뭐래도 그는 이미 전성기를 지나버린 배우니까. 그러나 나는 P를 좋아한다. 솔직히 '꼭대기'에 있을 때 그가 보여준 연기보다 지금의 연기가 훨씬 더 훌륭하다. 덧없는 인기에 대한 욕망을 내려놓으면서 그 마음이 어찌 편했으랴마는, 그의 예술은 한층 더 깊어진 것 같다.

그를 보면서 나는 이런 생각을 해본다. 세상에는 내가 어찌할 수 있는 일과 어찌할 수 없는 일이 있다. 내가 어찌할 수 없는 부분에 대해서는 마음을 내려놓고, 내가 어찌할 수 있는 부분에 대해서는 진심으로 최선으로 임할 것. 그것은 P가 그의 삶으로 내게 말해 주는 교훈이다.

P의 빈 잔에 소주를 따라주었다. 찰랑찰랑, 넘치도록.
나는 그를 응원할 것이다. 앞으로도, 오래도록.

다른 사람을 사랑해도 괜찮아······ 정말 괜찮아?

에어컨이 고장났다.

한참 동안 수리를 못 했다. 더 솔직히 말하자면 전화를 걸어 에어컨 수리를 요청할 만큼의 기운도 남아 있지 않을 만큼 피곤 했다. 더운 바람만 나왔다. 그래도 없는 것보단 나았다.

덥다 못해 뜨거운 에어컨 바람을 맞으며 옛날 드라마를 보았 다. 당시에는 엄청난 히트를 쳤던 드라마였다. 굳이 그 드라마 였어야 할 특별한 이유는 없었다. 그냥 눈 둘 곳이 필요했다. 소 파에 멍하니 앉아서 흘러가는 화면을 지켜보았다.

여자는 백혈병이었다. 여자는 내내 그 사실을 남자에게 숨겼 다. 그러나 결국 여자가 죽을 날이 얼마 남지 않았다는 것을 알게 된 남자는 여자에게 달려와 애원한다. 살아만 달라고. 당신이 살아만 있어 준다면 뭐든지 다 하겠다고. 다른 남자를 사랑해도 좋고, 다른 여자를 좋아하라면 그것도 하겠다고.

사랑하는 여자를 위해 다른 여자를 사랑하겠다는 남자라니. 순간 가슴이 서늘해져왔다. 사랑이란 이런 건가. 너를 사랑하기 위해 다른 사람을 사랑할 수도 있게 하는 것, 그러니까 모든 것을 가능하게 하는 것, 이게 말이 되는 건가.

이것이, 현실에서 존재할 수 있는 사랑인가.

여기에 비하면 여태 내가 해온 사랑이라는 것들은 얼마나 비루했나. 현실 속 내 사랑의 '가난함이 갑자기 서러워져서 좀 울었다. 견디기 힘들 정도로 너무나 더운 여름이었다.

그래도 결국, 그 여름도 지나갔다. 제발 살아만 달라던 남자의 눈물도 잊혀졌다.

얼마 전, 옛날 영화를 한 편 보았다. 으음, 왠지 오늘은 신파가 당기는데? 주욱 늘어선 영화제목들 사이에서 그 영화를 클릭한 것은 무심코 솟아오른 감상주의의 욕망 때문이었다.

남자는 백혈병이었다. 남자는 내내 그 사실을 여자에게 숨겼다. 그는 죽기 전에 '좋은 남자'를 여자의 곁에 만들어주고 떠나려는 계획을 세웠다. 마침내 사랑하는 여자가 다른 남자와 결혼을 하고, 남자는 생의 마지막 숙제를 해낸 듯 여자 몰래 세상을 떠난다. 이어지는 여자의 이야기. 여자는 남자의 병을 알고 있었다. 여자도 남자를 사랑했기에 다른 남자와 결혼했다. 사랑하는 남자의 마음을 알기에, 사실은 그와 결혼하고 싶었기에. 그리고 여자는 남자가 죽은 뒤 그 뒤를 따른다.

그를 사랑했기에 다른 남자를 사랑하는 척했던 여자……

나는 그 여름의 그 남자를 떠올렸다. 내 사랑이 얼마나 남루한지 일깨워주었던 그 남자. 당신을 사랑하기 위해서는 무엇이든 할 수 있다고 울던 그 남자. 다른 남자를 사랑해도 좋고, 다른 여자를 좋아하라면 그것도 하겠다던.

저녁을 먹고 어두워지면 카페에서 두 남자가 만나는 장면을 찍어야 했다. 같은 여자를 사랑하는 두 남자의 대화였는데, 정확하게 기억나지는 않지만 한 남자가 '그녀가 정말 사랑하는 사람은 당신이다, 나는 떠날 테니 그녀에게 잘해줘'라고 당부하고 일어서는 장면이었다.

통유리 카페 안에서 두 남자가 앉을 자리를 보고, 카메라의 위치를 정하고, 조명을 세팅하느라 모두 분주했다. 카페 입구에서 두 남자 역을 연기할 두 배우들이 담배를 피우며 한참 이야기를 나누는 모습이 보였다. 대사를 맞추는 모양이군, 심상하게 생각했다. 촬영에 들어가기 직전, 그들이 나에게 걸어왔다. 잠시 망설이는 듯하다가 한 명이 입을 열었다.

"저희끼리 좀 맞춰봤는데요. 이게…… 실제 남자들은 이렇게 말하지 않거든요."

'실제 남자들'은 사랑하는 여자를 다른 남자에게 절대로 이런 식으로 넘겨주지(?) 않는단다.

"미쳤어요? 어떻게 좋아하는 여자를 이렇게 보내요. 이건 수컷의 본능에 어긋납니다."

내가 물었다.

"그럼 '실제 남자들'은 이럴 때 어떻게 해요?"

두 배우가 미리 짜기라도 한 듯, 하나의 대답이 튀어나온다.

"말 같은 건 안 해요. 그냥 주먹을 날리죠."

오오. 그렇구나. '실제 남자들'은 연적에게 주먹을 날리지, 양보 따위는 하지 않는다, 절대로. 두 배우는 고민스러웠던 거였다. 자신들이 실제로는 결코 하지 않을 상황을 연기로 해야 하는 건지, 아니면 보다 실제적인 장면으로 바꾸어야 하는 건지. 한 명이 덧붙인다.

"이건 여자들이 생각하는 남자 이야기예요."

잠시 고민했다.

'실제 남자들' 사이에서는 결코 일어나지 않을 일 vs. 드라마.

어쨌든 이야기의 흐름이 있으니 그냥 대본대로 가자고 합의를 했다. 촬영은 순조로웠다. 배우들은 각자의 감정을 능숙하게 연기해 냈다.

드라마는 드라마니까.

드라마는 현실이 아니니까.

현실에서는 절대로 하지 않을 행동을 드라마 속에서는 하기도 하니까.

그러니, 사랑해서 사랑을 보내는 숭고함에 내 현실 속 연애가 이르지 못한다 해도 좌절하지 말자. 나는 현실이니까. 내 연애도 현실이니까.

카페 안의 우아하고 고귀한 대화보다, 말없이 날리는 주먹이 내 연애에 더 어울려 보이는 것도 자연스러운 일이겠지.

아무리 생각해 봐도 나는, 사랑한다는 이유로 '그'를 떠나보내는 위대한 연애는 평생 해내지 못할 것 같다. 나는 현실을 살아가는 진짜 사람이므로, 내가 할 수 있는 최선이라고 해봤자 사랑할 때는 곁에 있고 사랑이 식으면 떠나주는, 지극히 평범한 경지일 것이다.

내가 너무나 사랑하는 당신이 다른 사람을 사랑해도 괜찮다니.

…… 괜찮을 리가 없잖아요.

그렇지 않나요?

살다 보면 비슷한 일들이
많이 반복된다는 걸 알게 되지 않는가.
그것에 대한 나의 달라진 반응으로
그사이 나의 성장을 가늠할 수 있을 뿐이다.

언제부터
어른이라고
할 수 있을까

잠

전화가 걸려왔다. 오랜만에 액정에 그의 이름이 떴다.

그를 누구라 해야 할지, 우리를 무엇이라 불러야 할지, 나는 모른다. 그는 그일 뿐이고, 우리는 우리일 뿐이다.

우리가 만난 처음부터 지금까지, 그가 그가 아닌 적도 없었고, 우리가 우리가 아닌 적도 없었다.

"그냥 해봤어."

마지막으로 얼굴을 본 게 언젠지도 기억이 가물가물한데, 그는 마치 우리가 매일 아침 얼굴을 마주 보고 일어나는 사람인 것처럼 산뜻하게 말한다. 그래서 나도 묻는다. 어색하지 않게, 자연스럽고 편안하게 들리도록.

"이쪽으로 올래?"

이미 어두웠다. 아파트 계단을 뛰어 내려가니 모자를 눌러쓴 그가 입구 쪽에 등을 향한 채 담배를 피우고 있었다. 가로등 불빛 틈으로 먼지처럼 흩날리는 비가 보였다. 우산을 펼쳐들고 그에게 다가갔다.

"내가 들게."

키가 큰 그가 우산을 받아들었다.

"밥은 먹었어?"

"아니."

"뭐 먹을래?"

"응. 근데 나 좀 체한 것 같아."

얼굴색이 안 좋아 보이긴 했다. 종일 햄버거 하나로 때웠다고 했다. 제발 제대로 밥 챙겨먹어. 인스턴트, 패스트푸드 그런 거 좀 그만 먹고. 운동도 꾸준히 열심히 좀 하고. 쏟아지는 내 잔소리에 그가 나를 본다. 왜? 내 잔소리가 너무 심해? 머쓱한 내 질문에 그가 씩 웃었다. 아니, 좋아. 챙겨주는 거 같아서. 그렇게 챙겨주는 사람, 없으니까. 쐐기를 박듯, 그가 말했다.

그렇게 챙겨주는 사람, 나에겐 없으니까.

손이라도 따줄까 싶어 집에 데리고 들어왔다. 막상 손을 따주려고 했더니 싫단다. 피나는 거 싫어, 무서워. 아이처럼 고개를 가로젓더니 침대에 벌렁 드러눕는다.

그래, 그럼 잠깐 누워서 쉬어. 내 말을 들었는지 못 들었는지, 그는 순식간에 잠들어버렸다. 조금이라도 편하게 잤으면 해서 불을 껐다. 체한 건 사실이었는지, 그는 자는 내내 식은땀을 뻘뻘 흘렸다.

그가 자는 이 잠은 아주 오랜만의 단잠인지도 몰라.

이유는 알 수 없지만 확신처럼 그런 느낌이 들었다.

내가 할 수 있는 최선을 다해, 그의 잠을 보호해 주고 싶었다.

내 바람대로 그는 아주 달게 잤다. 두 시간여 동안 불도 켜지 않고, TV도 틀지 않고 나는 그의 옆에 앉아 있었다. 스마트폰을 만지작거렸지만 이내 그만두었다. 어두운 방 안, 스마트폰 액정의 푸르스름한 빛이 그의 잠을 방해하길 원치 않았다.

가만히 그의 자는 얼굴을 들여다보며 생각했다.

지금이 너에게 오랜만에 주어진 짧은 휴식이라면, 나는 너의 그것을 지켜주고 싶다. 바쁘고 지친 일상 속에서 네가 취하는 깊고 편안한 잠을.

그의 잠을 지켜보면서, 나는 그런 생각을 했다.

사실 나는 화가 나 있었다.

오래갈 사이라니. 그런 이름이 어디 있냐고
그때의 나는 코웃음을 쳤지만,
이제 나는, 짧고 깊은 너의 잠을 지켜보았던 사람.
그래서 나는, 바로 그 순간 네가 필요로 하는 딱 그만큼의
쉼을 지지해 주고픈 사이로서, 우리 관계의 이름은 충분할 것 같았다.

유치해서, 자존심이 상해서, 스스로는 그렇게 믿고 싶지 않았다. 그러니 그가 장난스러운 표정을 들이밀며 '에이~ 삐쳤구나?'라고 말한다면, 나는 허를 찔린 기분이 되어 정말로 화를 내버리지 않기 위해 아닌 척 애써 노력했을 것이다.

그러나 사실 나는 그에게 화가 나 있었다. 그것은 내가 아무리 '아니야, 난 괜찮아'라고 믿고 싶어한다 한들, 빼도 박도 못할 진실이었다. 그의 일방적인 연락/연락 없음에 대하여, 우리 사이의 목표 없음에 대하여, 그 모호함이 필연적으로 유발하는 무력감에 대하여, 그리하여 결국 '우리 관계는 무엇인가?'라는 질문에 대해 내가 아무 답도 가질 수 없음에 대하여.

더 나를 화나게 했던 사실은, 우리 사이가 '우정', '사랑', '연애', '그렇고 그런 사이'…… 그 어떤 이름도 갖지 못한 이유가 바로 나였다는 점. 다른 누구도 아닌 바로 내가 너에게 그런 관계를 제안했다는 사실. 그래서 너와 내가 지금 서 있는 이 자리, 서로에게 이도 저도 아닌 사람이 되어버린 이곳이 몹시도 서운했다고.

그런데 잠든 네 옆에서 나는 알 것도 같았다. 언젠가 네가 독백 같은 나의 불평을 듣고 나서 깜짝 놀란 듯 눈을 동그랗게 뜨고서 했던 말의 의미를.

"우리? 우린, 오래갈 사이잖아."

오래갈 사이라니. 그런 이름이 어디 있냐고 그때의 나는 코웃음을 쳤지만, 이제 나는, 짧고 깊은 너의 잠을 지켜보았던 사람. 그래서 나는, 바로 그 순간 네가 필요로 하는 딱 그만큼의 쉼을 지지해 주고픈 사이로서, 우리 관계의 이름은 충분할 것 같았다.

우리 사이가 너의 말대로 정말 오래갈 수 있을지 나는 알지 못한다. 사람과 사람 사이의 관계만큼은 우리의 의지와 무관하게 흘러간다는 것, 관계의 시작과 끝은 유한한 인간의 영역이 아니라는 것쯤은 알 정도로 나는 나이를 먹었다.

그러나 잠든 너의 옆, 침대맡에 기대 앉아, 너의 이마 위, 땀에 젖은 머리카락을 조심스럽게 쓸어 올려주면서 나는, 어쩌면 우리 사이를 '오래갈 사이'라 명명해도 괜찮지 않을까 생각해 본다.

우리 관계의 이름은 우리의 것이고, 그 명명의 의미와 이유를 우리가 이해한다면, 우리만 공감할 수 있다면, 아무려면 어때, 하고.

매번 내가 너를 볼 때마다, 어쩌면 지금이 너를 보는 마지막일지도 모른다는 불안을 품었다는 사실이, 그 이름을 붙일 수 없는 이유가 되지는 못할 거라고.

왜냐하면, 나는, 너의 깊은 잠을 '실제로' 지켜보았으므로.
너는 아주 '구체적으로' 내 옆에서 쉬었으므로.

너의 잠을 보는 내가 진심이라는 것을 알았으므로.

그 순간의 진실, 어쩌면 그것이 전부라는 것을, 우리 사이에 더 필요한 것은 아무것도 없음을 느꼈으므로.

그 순간 이후, 나는 조금 다르게 잘 수 있게 되었는지도 모르겠다.

1

'1'이 사라지지 않는다.

도대체 너는 왜 내 메시지를 확인하지 않는 거니!

수시로 휴대폰을 들어 '1'이 사라졌나 아닌가를 체크하며 나는 생각했다.

'나, 언제부터 1의 노예가 된 걸까?

숫자 1의 존재감을 깨닫게 된 것은 스마트폰 메신저 서비스를 시작한 이후다. 처음에는 내가 보낸 메시지 옆에 숫자 1이 나타났다가 상대방이 확인하면 그 숫자가 사라진다는 사실도 몰랐다. 서비스를 이용한 지 몇 달이 지나고 나서야 어이없어 하며 친구가 가르쳐주었다.

그게 이 서비스의 핵심이라구, 바보야.

상대방이 내 메시지를 읽었는지 안 읽었는지 알 수 있다고?

오오, 기술의 진보란 이토록 멋진 것이군.

흥미로웠다.

커뮤니케이션 기술의 발달은 정말 숨 가빴다. 내가 대학에 다닐 무렵에는 삐삐가 대세였다. 삐삐에 음악이나 인사말을 녹음할 수 있었다. 좋아하는 선배의 목소리가 듣고 싶어서 그의 삐삐 번호를 누르고 녹음된 그의 인사말만 듣고 전화를 끊은 적도 여러 번이었다. 그렇게라도 그의 목소리가 듣고 싶었다. 그런 게 삐삐 시절의 낭만이었다.

시간이 흐르면서 소위 '시티폰'의 과도기를 지나 휴대폰이 등장했다. 나는 학부와 대학원, 도합 6년 동안 굳세게 삐삐를 고수했지만 대학을 떠날 무렵에는 이미 휴대폰이 대세였다. 지금과는 비교도 안 될 정도로 크고 웅장했던 휴대폰.

지금이야 휴대폰의 존재가 너무나 일상적이 되어서 새삼스럽지만, 그 당시에는 필요할 때 바로 상대방과 커뮤니케이션할 수 있다는 것은 정말 놀라운 사실이었다.

응, 나야. 어디야? 뭐해? 지금 바로 학교 앞 술집으로 나와!

아무 때나 전화를 걸어 이렇게 말할 수 있다는 것. 우리의 접

선의 가능성은 언제라도 열려 있다는 것. 이런 게 혁명이지. 암, 그렇고말고.

그리고 이제는 스마트폰의 시대. 가방은 두고 나가도 스마트폰을 두고 나간 적은 없다. 혹시라도 잊고 나갔다면 집에 다시 돌아와서라도 챙겨 가야 하는 게 스마트폰이다.

스마트폰 없는 일상을 상상하기가 힘들다. 심지어 잘 때에도 스마트폰을 침대 위에 두고 잔다. 알람도 알람이지만, 팟캐스트를 들으며 잠들기 때문이다. 벌써 3년째 이어지고 있는 습관이다.

기술의 진보가 그저 멋지기만 한 것이 아님을 깨닫는 데에는 오래 걸리지 않았다. 유난히 메시지 확인을 늦게 하는 후배 C 덕분이었다.

아예 몇 시간 동안 확인을 안 하면 무슨 일을 하는 중인가 보다 하고 맘 편하게 내 일에 집중할 수 있을 터인데, C에게 보낸 메시지 옆의 1은 참 오묘하게도 10분에서 30분의 간격을 두고 사라지곤 했다. 그러고 나서 돌아오는 답은 꼭 질문으로 끝이 나는 것이어서 답장을 보내야만 했고, 다시 보낸 메시지 옆의 1은 역시나 10분에서 30분의 시간이 흘러야만 사라졌던 것이다.

이 별것 아닌 상황은 묘하게 나의 호기심을 자극했다.

1) 1을 없애기 전의 시간 동안 얘는 뭘 하는 걸까?

2) 혹시 이 시간에 어떤 '의도'가 있는 것은 아닐까?

이 몹쓸 호기심 덕분에 C와의 메신저 대화는 별것 아닌 내용으로도 몇 시간씩 걸리곤 했고, 심지어 나는 휴대폰을 쥐고 새벽까지 잠을 설치기도 했다.

별 관심 없던 후배가 '1이 사라지는 데까지 걸리는 시간' 때문에 순식간에 집중관심의 대상이 되어버리더니, 이런저런 상상이 더해져서 애가 타기 시작했다. 몇 달 동안 '1의 미스터리'를 붙잡고 있다가 결국 C에게 직접 물어보았다. 그 시간에 어떤 의미가 있냐고. 너는 그 시간 동안 무엇을 했냐고. C는 잠시 생각하더니 반문했다.

"내가 그랬어요? 기억이 잘 안 나는데."

하기야 기억이 나는 게 이상하지. 메신저로 잡담을 나누면서 메시지를 확인하는 시간을 체크할 리가 만무하지 않은가. 결국 나의 며칠 밤의 잠을 앗아간 '1의 미스터리'는 무의미한 해프닝으로 끝났다.

1은 중요한 숫자다. 나는 유일한 존재이고, 어떤 일을 제일 잘하는 사람이 되고 싶으니까. 거기에 새로운 의미가 더해졌다. 나의 메시지가 너에게 전해졌다는 의미. 네가 나의 말을 받았다는 의미.

내가 아는 누군가는 숫자 1에 애태우는 게 싫어서 메신저 서비스를 아예 안 하고 있다고 했다. 짧게나마 숫자 1의 고문을 당해본 나로서는 이해가 되는 이야기다.

네온사인이 빛나는 밤거리에 술에 취한 두 명의 여자가 앉아 있었다. 몸을 가누지 못할 정도로 취해 있는 것 같았다. 45도 각도로 돌아앉은 채, 그들은 각자 어디론가 전화를 걸고 있었다. 분명히 함께 술을 마셨을 그들은, 그러나 돌아앉아 각자 다른 곳으로 전화를 하고 있는 것이다.

그 거리를 지나가다가 나는 멈춰 그 광경을 지켜보고 있었다. 뭔가 좀 기묘하면서도 가슴 아픈 풍경이었다.

10여 분이 흐를 동안, 그들의 휴대폰은 어디와도 연결되지 않는 듯했다. 그들은 쉴 새 없이 번호를 눌렀다. 그녀가 찾는 누군가가 전화를 받을 상황이 못 되거나 휴대폰을 꺼두었거나 둘 중 하나일 것이다. 아니다, 술 취한 그녀가 잘못된 번호를 누르고 있는지도 모른다.

어두운 거리의 시간은 계속해서 흘렀다.

마침내 왼편에 앉아 있던 여자의 휴대폰이 어디론가 연결된 모양이었다. '누군가'의 목소리를 듣자마자 여자가 울음을 터뜨렸다. 동시에, 어느 곳에도 닿지 않은 휴대폰을 꼭 쥐고, 오른편의 여자가 푹, 앞으로 고꾸라졌다.

내내 이 광경을 지켜보고 있었던 나는, 당혹스러웠다.

기계가 증폭시키는 외로움의 현장. 소통을 위한 매체가 소통을 보장해 주지는 않는 거다. 아니, 오히려 기술의 발달은 그에 상응하는 소통의 욕구를 키우고, 결핍과 고독은 더 커지게 되는 건지도 모른다.

너에게 가 닿을 길은 너무나 많은데, 정작 나는 그 길을 갈 수가 없는 것과 같다. 사라지지 않는 '1'이 너와 나의 멀어져버린 사이를 증언하는 것처럼.

이제는 전화를 불쑥 거는 것이 실례인 세상이 왔다. '이러이러한 일로 통화를 하고 싶은데 언제쯤 전화를 드리는 것이 좋을까요?'라고 먼저 문자를 보낸다.

24시간 스마트폰을 손에 쥐고, 메시지 옆 '1'에 연연하며 사는 나는, 이전보다 잘 소통하고 있는 것일까.

무릎

::: 안에 있는 것은 밖에 있는 것이다

쯧, 어린애도 아니고⋯⋯.

산책을 하다 넘어졌다. 아주 평범한 동네길에서 난데없이 철푸덕! 사실 산책이라 하기에도 무색한, 집 주변을 어슬렁어슬렁 걸어 다니는 일이었다. 그냥 저녁 바람이나 좀 쏘일까 해서 가볍게 점퍼 하나 걸쳐 입고 나왔던 길.

무릎과 손바닥이 피가 흐르도록 까졌다. 아픈 것보다도 창피한 게 우선이었다. 주변 시선을 무시하려 애쓰며 일어나 절뚝거리며 근처 약국으로 갔다. 다 큰 어른이 되어 이런 식으로 넘어져본 경험은 처음이었다. 연고 바르고 밴드 하나 붙이면 되겠지 싶었다. 그런데 모범생처럼 생긴 약사는 상처를 살피더니 고개를 가로저었다.

"이 정도면 병원에 가셔야겠는데요."

병원? 고작 길에서 넘어졌을 뿐인데 병원까지 가라구요? 나는 '병원'이라는 단어를 처음 들은 사람처럼 멍하니 서 있다가 물었다.

"어느 병원에 가야 하는데요?"

어이없는 듯 나를 쳐다본 약사가 말했다. 그것도 모르냐는 듯 한심해하는 표정이었다.

"피부과겠죠?"

그렇구나. 넘어져 피부가 까진 상처에는 피부과를 가는구나. 살면서 유용할 지식을 하나 깨친 기분이었다. 여태 피부과는 뽀얀 피부 관리를 위해서만 존재하는 병원인 줄 알았다. 피부에 비타민을 넣고, 점이나 기미를 빼고, 레이저로 탄력을 주는 곳. 오오. 그런데 피부과는 피부의 상처도 치료하는 곳이었어!

근처의 피부과로 이동했다. 호호아줌마처럼 푸근한 인상의 의사선생님의 첫마디는 '아이고, 아팠겠네요.' 나는 아이 같은 기분이 되어 아팠다고 어리광을 피우며 그녀의 푹신한 품으로 무너져 내리고픈 충동을 느꼈다. (실행에 옮기지는 않았다.)

상처를 소독하고, 연고를 바르고, 반창고를 넓게 붙였다. 왼쪽 무릎과 오른 손바닥.

집에 돌아와 내 꼴을 보니 피식 웃음이 났다. 이게 무슨 꼴이

람, 바보처럼. 손과 무릎에 붙은 하얀 반창고를 보니 이것도 그
냥 해프닝이고 나중에 즐거운 추억이겠지 생각되어, 휴대폰으
로 무릎의 상처 사진을 찍어서 친구에게 보냈다.

나 다쳤어. ㅠㅠ. ㅋㅋ.

심각한 부상이랄 건 아니었으니, 이런 식으로 즐겁게 승화하
는 것도 좋은 대처방안이겠다 싶었다.

상처가 나을 때까지 물이 닿으면 안 된다는 주의사항 때문에
당장 다음 날부터 미장원에 가서 머리를 감아야 했다. 또 하나
의 유용한 지식. 머리를 감으러 미장원에 가도 된다. (아마 여러
분의 예상보다 비용도 쌀 것이다.) 나처럼 손이 다쳐서 머리를 감으
러 오는 손님들이 간간이 있다고 했다.

손바닥과 무릎에 붙어 있는 반창고 따위가 일터로 나가야 하
는 의무를 면제해 주는 것은 물론 아니었다. 나는 절뚝거리며
회사에 나갔다. 무릎의 상처 때문에 헐렁한 바지를 입은 차림으
로. 그런 나를 동료들은 황당하게 바라보았다.

"왜? 무슨 일이야?"

"산책하다 넘어졌어."

사람들은 더 어이없어했다. 말끝에 그 어이없음이 묻어났다.

"뭐어? 넘어졌다고? 왜애?"

딱히 대답할 말이 없었다. 왜 넘어졌냐고? 나도 모른다.

정말 '그냥' 넘어졌다. 돌부리에 걸린 것도 아니고, 다리가 꼬인 것도 아니고, 지나가던 사람에게 부딪힌 것도 아니다. 그냥 갑자기 '어어······' 했고, 그러다 보니 내 얼굴이 땅바닥을 향해 있었을 뿐. 동료들의 표정을 보며 그제야 나도 궁금해졌다.

나는, 왜, 넘어져 다친 것인가.

그리고 이런 생각이 들었다.

나를 다치게 한 것이 바닥의 돌부리도, 부주의한 타인도 아니라면, 그것은 내 안에 있는 분노인지도 모른다고.

그랬다. 그때의 나는 분노하고 있었다. 당시 나는 내가 일하던 상황이 불편했다. 그 상황을 둘러싼 사람들의 행태도 맘에 들지 않았다. 이건 아니지 않아? 마음속 깊은 곳에서 이런 불만이 끊임없이 울려나왔다. 정당하지 않음, 억울함 그런 것들.

평온한 척, 괜찮은 척했지만, 나는 괜찮지 않았나 보다. 분노는 거대한 감정이 되어 내 안을 상하게 하고 있었다. 나는 불안했고 상처받았을 뿐 아니라, 그 사실을 부정하고 괜찮은 척하기 위해서 또한 엄청난 에너지를 쏟아 붓고 있었다.

그러니 나는 억압했던 모양이었다. 억압당한 그것은 뜻밖의 넘어짐으로 자신의 존재를 드러내 보인 것이다. 솔직하게 네 안을 들여다보라는 신호처럼.

그리고 나니, 내가 왜 굳이 무릎의 상처를 사진 찍어 친구에게 보냈는지 알 것 같았다. '재미삼아'라고 생각했지만 그건 진실이 아니었다.

그 당시 나는 그 친구와 '썸 타는' 중이었다. 우정이라는 그간의 관계에 이질적인 감정이 섞여들기 시작했고, 우리 사이를 관계의 눈금 어디쯤에 위치시켜야 할지 서로 눈치를 보던 중이었다. 노래가사처럼, 내 거인 듯 내 거 아닌 내 거 같은 너.

그러니까 나는 그의 반응을 보고 싶었던 거다. 나의 상처에 대한 그의 답을 보고, 그 뒤에 숨은 그의 미묘한 진심을 헤아려 보고 싶었던 거다. 그가 친구로서 반응하는지, 남자로서 반응하는지 평가해 보고 싶었던 거다.

더 솔직히 말하면, 당시 그가 보여주는 감정과 표현의 수위는 내 기대에 미치지 못했다. '내가 얘를 더 좋아하는 건가' 자존심이 상하고 있던 중이었다. 그러니 그런 식으로도 내 속은 상해가고 있었다. 역시 분노였다.

너는, 왜, 내가 바라는 만큼, 나를 좋아해 주지 않는 거니.

그런 이중의 분노가 내 안에 있었다. 그 분노는 명확하게 존재하는 진실이었는데, 나는 어떻게든 그것을 부정하려 해왔다.

나는 괜찮아, 나는 괜찮아, 나는 쿨하니까, 나는 쿨하니까.

하지만 나는 괜찮지 않고, 나는 쿨하지 못하다는 것을 밖으로 드러난 상처가 일깨워주었다. 마침내.

안에 있는 것은 밖으로 드러나게 마련임을 깨달았다. 다시 말하면, 밖에 드러난 것은 안에 있는 것의 징후일 수 있다. 그러므로 별것 아닌 일 같더라도, 일상적이지 않은 사건이 일어나면 그 의미를 찬찬히 살펴볼 필요가 있다.

그 사건은 뜻밖에도 내 안에 있는 '중요한 진실'이 나를 일깨우는 신호일 수도 있으니까.

나는 괜찮아, 나는 괜찮아, 나는 쿨하니까, 나는 쿨하니까.
하지만 나는 괜찮지 않았고, 나는 쿨하지 못하다는 것을
밖으로 드러난 상처가 일깨워주었다, 마침내.

8:10 AM

그 장면은 왜 그렇게 선명한지 모르겠다.

초등학교에 들어가기 전이니까 나는 아마 여섯 살, 많아봤자 일곱 살. 그날 아침 아빠는 출근 전에 잠깐 시간이 떴던 모양이다. 아빠는 나를 불러 화장대 위에 놓인 라디오 시계를 가리키며 말했다.

"저 시계로 8시 10분 되면 아빠 좀 깨워줘."

아빠가 가리킨 라디오 시계의 액정에는 7,4,5라는 푸른 숫자가 떠 있었다. 그러니 그때는 아침 7시 45분. 아빠가 그 즈음 무슨 일로 피곤했는지, 깨워달라고 부탁한 사람이 왜 엄마도 아니고 오빠도 아니고 나였는지는 기억이 나지 않는다. '음, 25분 정도 눈을 붙일 수 있겠는걸' 했을 때 마침 눈에 띈 사람이 나였을 수도 있고, 나는 어렸을 때부터 착실한 '범생이' 기질이 있었기 때문에 믿을 만하다(?)고 생각했을 수도 있다.

아빠는 바로 누워 쿨쿨 잠들었다. 나는 한 번 더 시계를 보고, 머릿속으로 '8시 10분, 8시 10분, 8시 10분이 되면 아빠를 깨워야지' 생각했다. 그리고 내가 동화책을 읽었는지, TV를 봤는지, 인형놀이를 했는지…… 아무튼 나는 아빠의 부탁을 까맣게 잊었다.

아빠는 스스로 일어났다. 아빠는 '어른'이니까.

그러나 아빠가 아무리 어른이라 해도 딱 8시 10분에 맞추어 일어나진 못했다. 화들짝 몸을 일으킨 아빠가 시계 쪽으로 확 눈을 돌렸다. 나는 옆에서 뭘 하고 있었는지, 그 모습을 다 봤다. 그제야 생각이 났다.

엇, 까먹었다. 아빠를 깨웠어야 했는데!

벌써 8시 30분이었다. 아빠가 다시 고개를 돌려 나를 보았다. '어? 어떡하지?' 여섯 살, 많아봤자 일곱 살의 작은 나는 겁에 질린 표정을 짓고 있었겠지. 그때 아빠의 표정은 잊히지 않는다. 아빠의 얼굴에는 '나도 참, 이 조그만 애가 시킨 대로 8시 10분에 아빠를 깨우지 않았다고 해서 화를 내야 하나?' 이런 생각이 그대로 떠올라 있는 것 같았다. 아빠는 어이없는지 속에서 올라오는 웃음을 억지로 참고 있었다.

그 장면을 나는 제3자로서 지켜본 것 같은 기분이 든다.

나를 내려다보는 아빠와, 그 앞에서 아빠를 올려다보고 있는 작은 나. 아주 옛날, 어느 날 아침의 풍경.

그러고 나서 아빠는 부리나케 뛰어나갔다. 아빠는 그날 지각을 했을까? 그것도 사실 잘 모르겠다. 그러나 왠지 그러진 않았을 것 같다. 내 기억 속의 아빠는 약속을 잘 지키는 사람이었으니까.

아빠는 내가 아홉 살 때 돌아가셨다.

나는 슬프지 않았다. 실감하지 못했으니까. 실감할 수 없었다. 아직 '죽음'이 뭔지 이해하지 못하는 나이였다.

나는 아빠를 좋아하는데, 아빠도 나를 좋아하는데. 그런데 이제부터 아빠를 볼 수 없어. 내일도, 모레도, 그 뒤에도 아빠를 볼 수 없어. 아빠는 이제 없어. 이게 무슨 뜻이야?

…… 왜?

자라면서 나는 '없음'의 의미를 깨달아갔다. 내겐 아빠가 없다. 부재한다. 그 부인할 수 없는 사실. 그 결핍감을 극복하는 것이 내 인생의 중요한 과제였다. 채워도 채워도 채울 수 없는 커다란 구멍이 내 안에 있었다. 그 결핍감 때문에 나를 좋아하는 사람을 밀어내기도 하고, 괴롭히기도 했다.

어차피 당신은 내 안의 구멍을 채울 수 없어.

…… 그러니까 꺼져.

시간이 흐르면서 아픔은 옅어졌다. 상처 위에는 딱지가 앉게 되어 있으니까. 그러나 결핍감은 쉽게 사라지지 않았다. 흉터는 남는 법이니까. 내 안의 무의식 깊은 동굴에 도사리고 있다가 잊을 만하면 나타나 감정을 어지럽히곤 했다.

겨울, 단막극을 연출하던 때였다. 촬영지가 전라도 화순이었다. 나만 하루 먼저 차를 몰고 화순으로 내려가기로 했다. 새벽에 스태프버스 안에서 부대끼는 것보다 하루 일찍 내려와서 다음 날 촬영을 준비하는 것이 나았다.

혼자 장거리 운전을 하는 것도 좋아했다. 운전대를 잡고 보이는 풍경과 함께 흐르노라면, 엉켜 있던 생각도 정리되고 뜻밖의 아이디어가 떠오르기도 했다. 무엇보다도 차 안의 시간과 공간은 온전히 '내 것'이었고, 나는 그 느낌을 사랑했다.

고속도로를 타고 국도로 넘어갔다가 국도보다도 좁은 지방도로 접어들었다. 왼쪽에는 산, 오른쪽 길 아래쪽으로 논밭. 당연히 초행길이었다. 내비게이션도 없을 때였다.

좁은 길을 조심조심 따라가는데, 갑작스러운 급커브가 나타났다. 급하게 왼쪽으로 핸들을 꺾으면서 나는 바닥이 반짝이는 것을 보았다. 바닥이 얼어 있다! 완전한 빙판이었다. 그것도 피할 곳이 없게, 차가 지나가야 하는 그 곡선길 전체가, 모두 얼음이었다. 어디에서 물이 쏟아졌는지, 어떻게 차가 돌아야 하는 그 부분만 완전히 빙판이 되었는지는 알 길이 없었다.

아뿔싸! 이미 늦었다.

빙판 위에서 급커브라니. 차바퀴가 얼음 위를 미끄러지면서 차가 휙 돌기 시작했다. 시야도 어지럽게 돌았다. 본능적으로 브레이크를 깊게 밟았지만, 이미 차는 얼음판 위에서 방향을 잡지 못하고 미끄러지고 있었다. 이제 차가 길 아래로 떨어져 논으로 처박힐 순서였다.

그 짧은 순간 동안 수십 가지 생각이 머릿속을 스쳤다.

이대로 끝인가.

공포감에 나는 눈을 감았다.

브레이크는 여전히 꽉 잡은 상태였다. 그리고.

…… 차가 섰다.

천천히 눈을 떴다. 차는 도로 아래로 떨어지기 직전에 아슬아슬하게 걸려 있었다. 앞유리창으로 길 아래쪽 내가 처박힐 뻔했던 논이 보였다.

살았구나.

방금 내 옆을 죽음이 스쳐갔다. 그리고 나는 그때 혼자가 아니었다. 설명할 수는 없지만, 분명히 그런 느낌이 들었다.

아빠였다.

아빠가 지금 나를 지켜주었다.

잠시 그렇게 있다가, 나는 조심스럽게 후진했다.

나도, 차도 멀쩡했다.

그 후로도 결핍감이 완전히 사라진 것은 아니었다. 그러나 그 순간, 내가 아빠의 존재감을 느낀 것은 부인할 수 없는 사실이다. 아빠의 사랑은 여전히 내게 있는 것이었다. 필요할 때 아빠는 내 곁에 머물 것이었다.

차가 길 아래로 추락하기 직전, 그 아찔했던 순간처럼.

마치, 수호천사처럼.

진심으로 감사했다. 어쩌면 내가 가진 가장 좋은 것들은 아빠로부터 온 것인지도 모르겠다. 우리 아빠는 좋은 사람이었으니까, 아빠의 딸인 나도 좋은 사람이 될 수 있겠지.

나는 아빠와 많이 닮았으니까.

가끔 아침 8시 10분. 아빠의 그 얼굴을 떠올려본다.

별것 아닌 그 순간이 이토록 생생하게 기억나는 이유는, 그때 어린 내가 이런 생각을 했기 때문일 것이다.

아빠가 시킨 일을 제대로 못 해냈어도, 아빠는 날 혼내지 않아.

아빠는 내 편이니까.

우리 아빠는, 언제 어디서든, 내 편이니까.

거짓말

오랜만에 그를 만났다.

바쁜 그의 스케줄에 일방적으로 내가 맞춘 만남이었다. 그의 시간에 맞추어 그가 있는 곳으로 내가 가야만 겨우 성사될 수 있었던, 아주 구차하고 일방적인 만남…….

자존심의 크기로는 그 누구에게도 뒤지지 않는다고 자부하는 내가 '야, 됐어됐어. 너 아님 내가 만날 사람이 없을 줄 알아? 그리고 나도 너만큼 바쁘거든?' 하고 말도 꺼내지 않았던 것을 보면, 이미 그때 우리 사이의 균형추는 한참 기운 상태였던 것 같다.

나는 그가 너무 보고 싶었고, 동시에 내 안에서는 우리가 이미 끝을 향해 가고 있는 것이 아닐까 하는 불안과 의심이 스멀스멀 고개를 쳐들고 있었다.

"듣기 좋은 말 좀 해봐."

그게 무슨 뜻이냐는 듯 그의 눈썹이 스윽, 올라간다. 순정만화의 주인공처럼, 참 잘생긴 눈썹이다.

"너 보기가 이렇게 힘드니까. 오늘 네 모습에 대한 기억으로 몇 달은 버텨야 할 것 같아서. 그러니까 내 기억에 남을 말을 해. 제대로, 고민해서."

소파에 반쯤 드러누운 채 그가 골똘히 생각에 잠긴다. 내 말 속에, 나에게 충분한 시간과 정성을 할애하지 않는 그를 향한 힐난이 들어 있다는 것을 그는 정말 모르는 것일까, 모르는 척하는 것일까. 늘 그런 식으로 그는 관계에 대한 질문을 요리조리 잘도 피해왔다.

나는 가만히 앉아 그의 대답을 기다렸다.

그리고 뜻밖에 그가 한 말.

"정말 힘들 땐 누구도 옆에 없잖아. 네가 정말 힘들 때 내가 한 번은 꼭 옆에 있을게. 그때 나를 불러."

거짓말이야.

나는 그 말을 믿지 않았다. 그가 진심이 아니었다는 뜻이 아니다. 그 말을 하는 그는, 네가 정말 힘들 때 내가 네 옆에 있겠다는 그의 마음은, 진심이었다는 것을 나는 안다. 다만, 설명하기는 어렵지만, 그 말을 하는 그가 너무나 다정해서, 나의 경험상 다정한 말은 대부분 진실이 아니어서.

그러니까 그것은 그의 의도적인 거짓말이라기보다는, 어차피 지켜지지 않을 약속을 그가 너무나 달콤하게, 평소의 무뚝뚝한 모습과 딴판으로 했다는 측면에서의 거짓말이었다. 이 순간에는 아니나 언젠가는 거짓으로 판명될 말이라는 점에서.

그래서 그 순간, 나는 그 다정한 말에 무너지지 않으려고 애를 썼다. 지금 그의 진심을 기억하되, 기대하지는 말자. 이 말은 너무나 다정해서, 맛은 있지만 몸을 상하게 하는 질 나쁜 음식처럼, 기대해 버리면 나중에 그만큼 많이 실망하게 될 테니까.

예감처럼, 그 말은 정말 거짓말이 되었다.

'내가 정말 힘들었던 순간'은 그 뒤에 예정된 수순처럼 찾아왔지만, 그때 그는 내 옆에 없었으니까. 그는 그때에도, 늘 그랬던 것처럼 바쁘게 자신의 삶을 짊어지고 달려가는 중이었다. 쉽게 연락이 닿지도 않았고, 나 역시도 적극적으로 그에게 연락을 취하지 않았다.

물론 그 순간들 속에서 나는 자주 그를 생각했다. 그가 남겼던 다정한 말을 기억했다.

네가 정말 힘들 때 내가 한 번은 꼭 옆에 있을게. 그때 나를 불러.

그는 왜 '한 번은'이라는 단서를 달았을까. 마치 써버리고 나면 없어지는 기회처럼.

그래서 나는 쉽사리 그의 자비를 이용할 수 없었는지도 모른다. 지금 써버리면 더 힘든 순간이 찾아왔을 때 그의 카드는 무용지물이 될 테니까 지금은 어떻게든 버텨보자, 했다. 그렇게 두통약처럼 그의 다정한 말의 기억을 삼키면서, 순간순간의 고통을 넘어갈 수 있었다.

솔직히 말하면, 그가 자신이 했던 그 다정한 말을 기억하고나 있을지에 대한 확신조차 할 수 없었다. 그때 내가 그를 찾아가 힘든 손을 내밀었다면 그는 내 손을 잡아주었겠지. 그는 그래도 가슴이 따뜻한 남자였으니까. 그러니 내가 오직 나 혼자의 힘으로 힘겹게 진창을 헤어 나와야 했던 것에 대하여, 그의 탓을 하고 싶지는 않다.

그 말이 거짓말이 되어버린 이유가, 먼저 손을 내밀지 않았던 나인지, 마음 편하게 손을 내밀도록 틈을 보여주지 않은 그인지는 알 수 없으니까.

또한 그건 그리 중요한 문제도 아니다. 누군가 내게 '좋은 말을 꼭 그렇게 비틀어서 생각하는 네가 문제야'라 한다 해도 나는 변명할 생각이 없다. 이 정도로 대답할 수는 있을 것 같다.

그냥, 저는 그런 경험을 많이 했어요. 다정한 그의 말들이 훗

날 칼날처럼 마음을 후볐던 적이, 당신은 없나요?

　살다보면 일부러 무언가를 감추거나 속이려고 하는 거짓말보다. 그 순간에는 진실이었으나 시간이 흐르며 의도치 않게 거짓말이 되어버리는 경우가 훨씬 더 많다. 그리고 우리 삶을 더 많이 흔드는 것은, 아마 후자일 터이다.

쏘가리

::: 옛 선생님께 전화를 걸다

참 많은 선생님들이 있었다. 초등학교 6년, 중학교 3년, 고등학교 3년 도합 12년이니까 당연한 일이다. 막상 겪는 중에는 잘 몰랐는데, 다 자란 뒤에 생각해 보면 대단하다 싶은 인격자인 교사도 있었고, 학생들을 가르칠 자격이 있나 싶은 문제적인 교사도 있었다. 대부분은 내가 대학에 가고 취직을 하고 정신없는 사회생활로 뛰어들면서 잊혀졌다.

그러다 문득, 정말 어느 날 문득, D선생님이 기억났다.

고등학교 때 그분께 지구과학을 배웠다. 젊은 선생님이었으니, 나뿐 아니라 대부분의 학생들과 스스럼없이 지내셨다. 그렇지만 특별하게 D선생님을 마음에 품고 있었던 것은 아니었다.

그래서 하고많은 선생님들 중에 문득 그리운 한 사람이 왜 그분일까, 좀 의아했다.

아무튼 갑작스러운 마음에 D선생님의 연락처를 수소문했다. 교육청에 전화도 걸어보고, 인터넷 사이트를 뒤져보기도 했는데 찾을 수 없었다. 지나가는 말로 동생에게 그 이야기를 했다. 동생이 선생님의 출신학교와 가르치던 과목을 묻기에 대답해주었다.

다음 날, 동생이 전화를 걸어와 D선생님의 휴대폰 번호와 집 번호를 불러주었다. 알고 보니, 동생이 꾸준히 연락을 해오던 고1 때 담임선생님이 D선생님과 같은 학교 같은 과였던 것이다. 대한민국은 땅덩어리가 작아서 서너 다리 건너면 다 아는 사람이라더니, 정말인가 보았다.

막상 전화번호가 손에 쥐어지니 망설여졌다.

혹시 날 기억 못 하시면 어쩌지?

그 생각을 못 했다. D선생님은 내 담임이었던 적도 없고, 3년 동안 지구과학을 배웠다고 해도 겨우 일주일에 한 시간 있는 수업이었다. 무엇보다도, 고등학교를 졸업한 지 10년이 훌쩍 넘었다.

"저…… D선생님이시죠?"

오래전 그 목소리가 전화기로 흘러나왔다.

"네, 그런데요."

내 이름을 말했다. 혹시 저를 기억하시나요? 선생님은 처음에 이렇게 말씀하셨다.

"얼굴을 봐야 알겠는데. 10년도 더 됐는데 어떻게 다 기억을 하겠어요."

실망보다 이해가 빨랐다. 당연하지. 한 반만 해도 몇 십 명인데, 그 아이들을 다 기억하는 게 비정상인 거지. 그래도 몇 가지 사실을 더 말했다. 몇 반이었고, 선생님의 어떤 수업을 들었고, 그때 다른 과목 선생님들은 누구였는지 같은, 혹시라도 선생님의 기억을 상기시킬 수 있을지 모르는 작은 사실들을.

잠시 내 이야기를 경청하던 선생님의 목소리가 들렸다.

"누군지 확실히 알겠네. 얼굴도 생각난다. 사실 너라고 생각했는데, 혹시라도 잘못 짚은 거면 좀 그렇잖아."

뛸 듯이 기뻤다. 그 순간 선생님과 내가 동일한 시간과 공간을 떠올렸을 것이기에. 같은 추억을 기억했을 것이기에.

"선생님, 퇴직하셨다고 들었는데, 요즘은 뭐하세요?"

"너 쏘가리 아니? 쏘가리들 키운다. 요즘에 새끼들이라 잘 돌봐야 하는데……."

선생님의 근황은 놀라웠다. 고등학교 지구과학 선생님이 지금 용인에서 양어장을 하고 계신다니.

더 놀라운 건 그 다음 이야기.

"이 일은 너 고등학교 때부터 시작한 거야."

"정말요?"

"92년이니까, 너 고2 때부터지."

세상에. D선생님께선 학생들을 가르치면서 양어장 사업을 구상하고, 그것을 실행에 옮기고 있었던 것이다. 우리가 몰랐던 선생님의 다른 인생……. 당장이라도 뵙고 싶었는데, 선생님께서 용인에 계실 뿐 아니라, 물고기 새끼를 기르는 것이 상당히 신경을 써야 하는 일이라서 쉽게 일을 비울 수 없다고 하셨다.

"이 일이 굉장히 아날로그적이거든"이라고 선생님은 말씀하셨다. "이렇게 연락되면, 꾸준히 연락할 수 있는 거지"라고도.

전화를 끊고 나니 어떤 광경이 떠올랐다. 그 장면이 왜 그 많은 선생님들 중에 D선생님이 그렇게 보고 싶었는지에 대한 답인 것도 같았다.

종례가 끝나고 복도에서 떠들고 있던 나에게 옆반 담임이었던 D선생님이 농담처럼 한마디 하셨다. 떠들지 말라는 거였나 조용히 하라는 거였나, 대충 그렇게 지나가는 말이었다.

그런데 이상하게 그 말이 뭐가 그리도 서럽고 자존심이 상했는지, 그 말을 듣자마자 그 자리에서 한 시간 가까이 울었다.

나도 영문을 알 수 없게 눈물이 쏟아져 나와서, 머릿속으로는 '내가 왜 이러지' 하면서도, 멈추질 못하고 서럽게 눈물을 뚝뚝 흘리면서 울었다. D선생님은 갑작스레 터져나온 내 울음에 어쩔 줄 몰라하다가, 달래다가, 그렇게 한참을 계셨다.

고등학교 때 난 잘 웃지도 울지도 않았고, 무표정한 얼굴로 시시껄렁한 농담을 즐겨했었다. '신경 안 쓰는 척하기'와 '농담으로 얼버무리기'는 내 예민함과 나약함을 감추는 나름의 방어기제였을 것이다. 대신, 한번 터진 울음은 잘 주체하질 못했고, 열여덟 해를 살면서 쌓였던 설움을 한꺼번에 쏟아냈다.

D선생님이 전화를 걸어온 나를 바로 기억해 내신 것도 그 풍경 때문일지도 모른다.

그런 장면들이 있다. 논리적으로 설명할 순 없지만, 이미지와 감정만으로 잊히지 않는 순간. 그래서 왠지 그 순간에 같이 있었던 사람과는 많은 것을 공유하고 있는 것 같은 느낌.

지금도 선연하게 보인다.

2학년 6반 교실 앞, 교복을 입고 서럽게 울고 있는 열여덟 살의 나. 그리고 웃어야 하나 울어야 하나, 세상에서 가장 난처한 표정으로 그 앞에 서 계시던, 사실은 스물아홉 살에 불과했던 D선생님의 모습이.

까마득한 오래전 고등학교를 다녔던 것 같다.

그때 나는 그리 사려 깊지도 못하고, 착하지도 않고, 인생에 대한 오만과 불안 사이를 쉴 새 없이 오가는 천방지축이었고,

그때 내 눈에 다 자란 어른 같았던 선생님은, 어쩌면 그때의 선생님보다 더 나이를 먹은 지금의 나처럼 계속 현실과 이상 사이, 혹은 지구과학과 쏘가리 사이에서 헤매고 계셨을지도 모르겠다는 생각이 든다.

나는 이제 예전에 헤아리지 못했던 선생님의 다른 마음까지 살필 수 있는 정도로는 성장한 것이다.

쏘가리 치어를 키우면서 여고생들에게 지구과학을 가르쳤던 스물아홉 살의 젊은 교사에 대해 생각하면 마음 한구석이 저려온다.

자기다운 삶을 찾으려는 우리 모두의 비슷한 욕망을 보는 것 같아서. 그 욕망을 따라가는 길이 고단했을 것 같아서. 나도 그와 비슷한 궤적을 걸었던 것 같아서.

게다가 D선생님과 나는 동일한 시간과 공간을 공유하고 있으니까. 같은 장면을 기억할 수 있으니까.

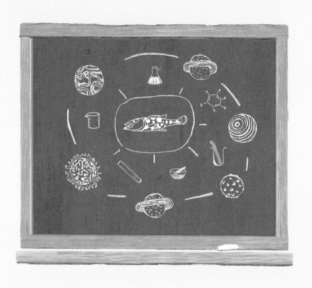

눈물

"아…… 감독님, 스트레스 받아요!"

K가 어리광을 피우듯 말한다. 내가 대답한다.

"괜찮아. 편하게 해."

K가 그렇게 말하지 않아도 나는 그의 스트레스를 십분 이해한다. 조금 있다가 감정신 촬영이 있기 때문이다. 말 그대로 '감정'이 많이 들어가 있는 장면.

그러니까 연인과 이별한다든지, 수모를 당한다든지, 배신을 당한다든지, 아버지가 돌아가신다든지 하는, 상황을 연기하다 보면 자연스럽게 눈물이 흐를 것 같은 장면 말이다.

그러나 이건 실제상황이 아니라 연기다. 아무리 실제처럼 보여야 한다고 해도 연기는 연기다. 수십 명의 스태프들에게 둘러싸여서, 바로 옆에서 조명을 비추고, 바로 앞에서 카메라가 돌고, 바로 뒤에서 모니터를 감독이 지켜보고 있는 상황에서, 조금만 집중이 흐트러지면 나오려던 눈물이 쏙 들어가는 것이 당연지사 아니겠는가.

게다가 K의 상대역을 맡은 배우는 별명이 '수도꼭지'다. 큐 사인과 함께 기다렸다는 듯 눈물을 뚝뚝 쏟아내는데 그 재주가 가히 신통방통하여 '으음……' 모니터 앞에서 나도 모르게 작은 탄식을 내뱉게 되는 것이다.

"눈물 안 흘러도 감정만 좋으면 그냥 갈 수 있어. 그러니까 편하게 해."

괜히 한마디 덧붙인다. 최대한 아무렇지도 않은 말투로.

안약을 넣는다든지, 눈 밑에 발라서 눈물이 흐르는 걸 도와주는 티어스틱tearstick을 바른다든지 하는 '테크닉'을 이용할 수 있지 않겠냐고 하시는 분도 계시겠지만, 사실 드라마에서 배우들이 흘리는 눈물은 대부분 '진짜 눈물'이다.

눈물의 양에 감동도 비례한다면 가짜 눈물을 어떤 식으로든 펑펑 흘려주면 문제 해결이겠지만, 세상 일이 어디 그렇게 쉬운가. 가짜 눈물을 흘리는 것도 쉬운 일이 아니거니와, 연기가 감동을 주는 핵심은 '진짜 감정'이다. 그러니 중요한 건 눈물의 유무라기보단 '어떤 눈물'이냐는 것이다.

신기한 사실은 진짜의 기운은 뭐가 달라도 다른 모양인지, 후두둑 후두둑 떨어지는 가짜 눈물보다, 눈물이 제대로 맺히지도 못한 메마른 붉은 눈이 훨씬 감동적일 때가 많다. 적어도 나는 그렇게 느낀다.

결론부터 말하면, 그날 K의 연기는 훌륭했다. 줄줄줄 수도꼭지처럼 눈물을 틀어내지는 못했지만, 진심이 느껴졌으므로 좋은 연기였다. 해야 할 몫 – 배역의 감정에 집중했고, 더불어 해야 한다는 부담감까지 넘어섰으니 앞으로가 더욱 기대되는 배우였다.

"좋았어. 잘했어, 정말."

그와 함께 하나의 장애물을 넘은 것 같은 기분으로 말했다.

오래간만에 J의 전화가 걸려왔다. 집으로 돌아가던 길이었다. 시원한 바람이 얼굴에 와닿는 기분이 상쾌하다 느껴지는 계절의 밤, 반가운 전화였다.

"어머, 웬일이야?"

그리고 휴대폰 너머 J의 숨 가쁜 환희.

"저, 흘렸어요, 눈물!"

"우와, 정말? 축하해!"

전화기에 대고 나도 환호했다. 이 생뚱맞은 대화는 뭔가 싶겠지만, 난 J의 말에 몹시 감동받았다. 그럴 만한 사정이 있었다.

몇 년 전, J와 나는 함께 어떤 드라마를 작업했었다. 그는 초짜 배우, 나는 초짜 감독. '감정신'은 그에게도, 나에게도 부담이었다. 그는 눈물을 못 흘릴까봐, 나는 그가 눈물을 못 흘릴까봐.

촬영 전날, 부담을 덜어준답시고 내가 했던 말은 이랬다.

"눈물이 흐르면 좋겠지만, 안 되면 할 수 없으니까 너무 스트레스 받진 마."

감독한테 이런 말을 듣고 배우가 스트레스 안 받기를 바라다니, 나는 바보였다. 그러나 앞서 언급했던 바, 나도 초짜였다는 것을 기억해 주시길 바란다. 한 컷, 한 컷 찍어나가는 일이 천금처럼 무겁고, 쪼그라든 심장이 내내 조마조마한 초짜 감독이었다는 것을.

결국 J는 눈물을 흘리지 못했다. 몇 번의 시도 후 안약과 티어스틱을 모두 사용하고도 실패했다. 나는 다른 것보다도 J가 무안할까봐 걱정이었다. 그가 실망해서 자신의 연기를 탓하지 않기를 바랐다. 왜냐면, 그때 모니터로 본 J의 연기는 꽤 괜찮았기 때문이다. 눈물은 없었지만, 눈빛은 진짜였다.

진짜인 눈빛은 사람의 마음을 움직인다. 신기하게 그렇다. 이후로도 그런 경험을 많이 했다. 편집실에서 그 장면 촬영분을 다시 돌려봤지만, 여전히 괜찮았다. 진짜인 눈빛이, 진짜인 감정이 생생하게 살아 있었다. 그럼 된 거지, 뭐. 아쉬움이 전혀 없었던 것은 아니었지만, 그렇게 나는 넘어갈 수 있었다.

그러나 J는 내내 그것이 마음에 걸렸던 모양이었다. 그래서 몇 년 후, 다른 드라마의 촬영 현장에서 자유자재로 눈물을 흘리는 자신을 발견했을 때, 나를 떠올린 것이다. 첫 눈물연기의 현장에서 함께 실패했던 초짜 감독과 이 작은 성공을 나누고 싶었던 것이다.

나는 J의 마음을 알 것 같았다. 고맙고 대견해서 울컥했다.

"그것도 첫 번째 테이크에서 흘렸다고? 정말? 아…… 멋지다, 진짜!"

그가 카메라 앞에서 흘린 첫 '진짜 눈물'의 의미는 성장이었다. 새로운 단계의 시작.

생각해 보니, 그도 나도 더 이상 초짜가 아니었다. 하던 일을 그저 반복하는 것 같았지만, 우리는 조금씩 나아가고 있었던 거다.

이제 카메라와 수많은 스태프들 앞에서 눈물 흘리는 일을, 감정신을 겁내지 않게 된 그와, 감정신의 핵심은 눈물보다는 진심의 표현이고 표현의 방식은 매우 다양하다는 것을 자연스럽게 여기게 된 내가 된 거다.

생각지도 못했던 우리의 성장을 깨달으면서, 나는 우리 둘이 기특해 죽을 지경이었다.

그는 지금도 브라운관과 스크린을 넘나들며 좋은 연기를 보여주고 있다. 화면 속 그를 볼 때마다 그 전화를 떠올린다. 그 뒤로도 그는 또 다른 성장을 많이 겪어냈을 것이다.

그의 연기력은, 참 고맙게도, 나날이 좋아지는 것 같다.

살면서 눈물 흘릴 일은 많다. 나 역시도 그러하다. 게다가 나는, 보기와 달리 잘 운다. 드라마나 영화를 보거나, 책을 읽으면서도 운다. 심지어 예능 프로그램을 보면서도 감동받아 운다. 그런데.

정작 그 순간엔 울지 못했다. 눈물이 안 났다. 그와의 관계가 끝났을 때, 내 마음속에서 그라는 존재가 완전히 끝장났을 때, 지난 시간 동안의 노력과 정성이 모래 위에 쌓은 성이라는 걸 알게 됐을 때. '총 맞은 것처럼 심장이 너무 아픈데' 울 수 없었다.

흐르는 눈물을 애써 참았다는 뜻이 아니다. 자칫하면 내 존재가 모래가루처럼 흩어질 것 같아 일단 나로서 존재하는 데 모든 에너지를 쏟았어야 했고, 지난 시간이 순식간에 무無로 돌아갔으니 앞으로 어떻게 해야 하나 머릿속이 너무나 복잡했기 때문이다.

즉, 눈물을 흘릴 기운도 없었다고나 할까. 그래서 나는, 매우 비현실적으로 침착했다. 내 앞의 그가 속으로 '저 눈물 한 방울 흘리지 못하는 독한 X'이라 오해했다 해도 어쩔 수 없다. 고통스럽지 않아서가 아니라, 너무나 고통스러웠기 때문에. 그리고.

그 '눈물 없음'으로 나는 또 한 번 성장했다 느낀다. 한 번 겪어냈으므로, 다음에 또 비슷한 일이 닥치면 눈물을 흘릴 기운 정도는 나누어 쓸 수 있지 않을까 생각한다.

살다 보면 비슷한 일들이 많이 반복된다는 걸 알게 되지 않는가. 그것에 대한 나의 달라진 반응으로 그사이 나의 성장을 가늠할 수 있을 뿐이다.

그때 나도 J에게 전화를 걸 수 있기를 바란다.

나 해냈어! 자연스럽게 눈물을 흘릴 수 있었어.

나도 이제 예전만큼 어설픈 초짜는 아닌 것 같아.

시간을 되돌릴 수 있다면, 그렇게 할 건가요?

시간을 되돌리는 이야기들의 핵심은 '왜' 그래야 하는가이다. 이유는 다양하다. 아이를 구해내기 위해서, 스스로의 구원을 위해서, 범죄를 막기 위해서, 그리고 가장 많은 경우인 그/그녀와의 사랑을 위하여.

시간을 수도 없이 되돌려 사랑을 지켜내는 어떤 영화를 보면서, 나의 지난 사랑들에 대해 생각했다. 만약 시간을 거슬러 올라가 예전의 실수를 바로잡아 더 좋은 결과를 이끌어낼 수 있다면, 그 '연애들'에 대하여 나는 그렇게 할 것인가, 하고.

그 남자.

내가 무지 좋아했던 사람, 지금까지의 연애 중 딱 하나를 고르라면 망설임 없이 선택할 연애. 그는 지금까지도 내 연애의 원형인 남자다.

처음 그와 단둘이 호프집에 마주 앉았는데, 정말로 그의 머리 뒤편으로 후광이 비치는 것을 보고 '아, 반한다는 게 이런 느낌이구나' 생각했었다. 운동을 좋아했던 그가 어둑해질 때까지 친구들과 농구를 하고 땀에 젖은 채 과방에 들어오는 그 모습이 왜 이렇게 멋지던지…….

키가 크고 손가락이 가늘던 그가 툭툭 뱉는 농담은 어떤 코미디 프로그램보다도 웃겼고, 한 손을 바지 주머니에 꽂은 채 노래방에서 불렀던 〈이별이란 없는 거야〉는 지금까지도 내가 가장 좋아하는 노래 중 하나다.

그러니 타임머신을 타고 과거로 돌아간다면, 내가 그와 다시 연애를 하지 않을 리가 있겠는가. 사귀자는 그의 고백이 기적처럼 느껴져서 남몰래 방방 뛰었는데 말이다.

그러나…… 시간을 되돌리는 불가능이 정말 일어난다면 아마 그와의 연애를 다시 선택하겠지만, 솔직히 그런 일은 일어나지 않았으면 좋겠다. 그러니까 타임머신을 타고 과거로 돌아가는 일 따위가 애초에 일어나지 않았으면 한다고.

그를 사랑한 것은 사실이지만, 동시에 그는 내가 가장 많이 싸운 사람이기도 하다. 정말이지 무지하게 싸웠다. 아침에 일어

나서 전화를 걸자마자 싸우기 시작해서, 영화를 보기 위해 만난 극장 앞에서 싸우고, 식당에서 메뉴를 고르다 싸우고, 집에 바래다주는 길에 싸우고…….

이유는 보통 너무 사소해서, 다툼의 중간쯤에 이르면 '맨 처음 공격이 뭐였더라?' 속으로 헷갈리기 시작했다. 그래도 자존심 때문에 지기는 싫어서, 상대에게 상처가 될 말을 고르고 골라 승리를 위한 최후의 일격으로 박아넣기도 했다.

그렇게 서로 피투성이가 되도록 싸우고 나서도 일단 화해를 하고 나면 그가 다시 너무 좋아지는 것을 보고, 그의 치졸함과 유치함을 낱낱이 목격하고서도 그가 여전히 내 마음을 울렸기 때문에, 나는 내가 이 남자를 진짜 좋아한다는 것을 알았다. (역으로, 진상인 나를 보고 나서도 그가 여전히 내 곁에 있어주었기 때문에, 그가 나를 진짜 좋아한다는 것을 믿을 수 있었다.)

즉, 내 사랑은 '그래서'의 결과가 아니고, '그럼에도 불구하고' 좋았기 때문에 사랑이었던 것이다. 그러니, 다시 그와 사랑에 빠지는 일은, 첫눈에 반하고 그의 머리 뒤에 비치는 빛을 목격하는 것뿐 아니라, 그 지난한 싸움과 그 속에서 우리가 서로에게 노출했던 더러운 바닥, 우리가 고작 이 정도였나 하는 실망과 서툶, 어색함을 다시 한 번 통과하여, 또다시 '그럼에도 불구하고' 사랑의 깨달음에 도달하는 일이니…….

그 과정을 또 반복해야 한다고? 그것도 같은 사람과?

…… 저는 정중히 사양하겠습니다.

모든 연애란 비슷한 과정의 반복이다. 똑같은 실수를 또 할 수도 있다. 상대만 바뀌었지 나는 왜 매번 이 모양인가, 자책할 때도 많다. 그러나 결국에는, 아주 조금일지라도, 성숙해지게 마련이다. 지난 사랑이 우리에게 남겨준 유산 덕분에, 과거의 애인이 아낌없이 주었던 사랑의 힘으로, 지금의 연애가 더 사랑스러워지는 일이다.

그러니, 이미 겪어낸 연애에 연연하지 않으려고 한다. 새로운 사람과 새로운 사랑을 해나가고 싶다. 〈사랑의 블랙홀〉처럼. 연애의 과정은 우스울 정도로 반복적으로 보이지만, 동시에 매번 작은 차이들이 생겨나지 않는가.

결국 연애란 끝을 알 수 없는 변주들인 것이다. 엔딩은 수많은 '지금 이 순간들'의 조합으로 만들어지게 될 테니까, 사랑의 결과를 통제하려는 욕망은 어리석다.

앞으로 우리가 어떻게 될지 알 수 없다는 것, 그것은 연애의 가장 큰 매력이자 삶의 재미가 아니겠는가.

늘 제자리만 맴도는 것 같아 자주 허탈했는데,
때론 뒷걸음질도 치고 제자리걸음도 했겠지만,
그래도 조금씩 조금씩 앞으로 나아갔다.

그래도……
꽤
괜찮은

손

::: 손 은 모 든 것 을 알 고 있 다

나이가 서른셋을 넘어갈 무렵, 나는 두려웠다. 여성으로서의 매력을 상실할까봐, 더 이상 내가 좋다는 남자를 만날 수 없을까봐, 그래서 앞으로 남은 내 삶이 내내 외롭고 팍팍할까봐.

겉으로 보기에 나는 자신감이 넘치는 커리어우먼이었지만, 내 안에는 사랑받지 못할까봐 무서워하는 작은 어린아이가 있었다.

그 즈음, 닥치는 대로 소개팅을 했다. 내 인생의 소개팅이라는 것들은 거의 그 시절에 집중되어 있다. 그중에 그가 있었다. 대전에 있는 한 대학의 교수였는데, 지금은 정확한 이름도 나이도 기억나지 않는다. (아마 그분도 나의 이름과 나이를 기억하지 못

하실 것으로 사료되므로, 딱히 죄송한 마음은 갖지 않도록 하겠다. 망각은 인간의 본능이니까.)

집안 어르신의 소개로 이루어진 만남이었으므로, 단칼에 정리할 수 있는 소개팅은 아니었다. 여러 모로 괜찮은 남자이기도 했다. 주변인들에게 '사람 좋다'는 평을 듣고, 손윗사람들의 예쁨을 받는 타입이었다.

우리는 2주에 한 번씩, 총 네 번 만났다. 토요일 점심 무렵 만나서 함께 차를 마시고, 영화를 보고, 저녁을 먹고, 그는 대전으로 내려가는 마지막 버스를 타는, 아주 규칙적인 데이트였다.

밥 먹고 차 마시고 영화 보고 대전으로 이동하는 모든 행위를 한 큐에 해결할 수 있는 고속터미널 근처에서 만났다. 그 남자는 나이가 적지 않은 이공계 출신이었으니, 그에 합당한 효율적인 결정이었다고 본다.

아무튼 문제는 나였다. 상기한 바대로 '매력 사라짐'에 대한 걱정으로 전전긍긍하던 나였다. 이 남자가 혹시 내 인생 마지막 남자려나 싶은 두려움이 이성을 마비시켰는지, 도무지 이 남자에 대한 내 감정을 판단할 수가 없었다.

뭐 소름끼치게 싫지는 않았으니 만났겠지만, 그렇다고 막 끓어오르게 좋지도 않았다. 이모저모 괜찮은 남자이기는 했지만 바로 이 남자다 싶은 느낌은 없었다. 그럼 굳이 만남을 이어갈 이유가 뭔가 하면서도 '세상 남자 별거 있나, 내가 유별나게 따지고 드는 건가' 싶어 딱히 그만두기도 어색했다.

그를 만날 때면 애써 좋아하려고 노력했다. 우와, 이 남자는 웃는 인상이 좋구나, 우와, 이 남자는 음식을 복스럽게 먹는구나, 우와, 이 남자는 장르를 가리지 않고 모든 영화를 다 보는구나…… 하면서 감탄하려고 노력했다.

사람 좋아하는 게 의지로 되는 문제가 아니란 것쯤은 알지만, 마음속 불편함을 조금이라도 무마해 보려는 내 나름의 최선이었다.

그런 식으로, 그렇고 그런 날들이 지나갔다.

그날도 비슷했다. 차를 마시고, 극장에 가서 표를 샀다. 무슨 영화였는지는 잊은 지 오래다. 그와 함께 본 영화는 하나도 기억나지 않는다. 매번 이 남자에 대한 내 마음을 저울질하느라 머릿속이 바빴기 때문이었으리라.

다만 그날이 그와 나의 네 번째 만남이었으므로, 규칙적이고 모범적인 이 남자가 네 번째 만남에 걸맞은 모종의 액션으로서 '극장 안에서 손잡기' 정도를 기획하고 있다는 것쯤은 눈치 챌 수 있었다.

김칫국 마신 거 아니냐고? 아니다. 나는 그리 둔한 편은 아닌데다가, 그가 그날따라 유난히 안절부절못하면서 자신의 손을 쥐었다 폈다 했고, 극장에 들어가기 전 눈에 띄게 긴장하면서 티를 팍팍 냈기 때문이다. 그러고 보니 나이에 비해 꽤 순진한 남자였던 것 같다.

스크린에 영화가 흐르고 있었다. 나는 그가 긴장하는 모습이 좀 우스워서 한 눈으로 그를 지켜보고 있었다. 분명 시간에 맞는 영화를 골랐을 뿐이었을 테니까 영화는 별 재미가 없었던 것 같다.

그는 몇 번의 망설임 끝에 팝콘통 아래로 더듬더듬 내 손을 찾아 쥐었다. 올 게 온 것이다. 짜고 치는 고스톱 같긴 하지만, 남자랑 여자랑 만나는 데 이 정도 뻔한 재미는 느껴도 상관없지 않겠나 대수롭지 않게 여겼……는데, 아니었다.

그의 손은 차가웠다. 나도 손이 찬 편이었는데, 그의 손이 닿자 소름이 끼쳤다. 분명한 거부반응이 내 속에서 올라왔다. 그 거부반응이 얼마나 맹렬했는지 나 자신도 놀랄 지경이었다.

살갗이 닿는 것이 이렇게 혐오스러운 일이었나.

나는 조심스레, 최대한 예의를 갖추어 내 손을 빼냈다. 그의 손은 당황한 듯 잠시 머뭇거리더니 다시 내 손을 찾아 쥐었다. 첫 반응은 수줍은 여자의 그것이라 넘기기로 작정한 듯했다.

두 번째 닿은 그의 손, '내 것'이 아니라는 이물감이 강하게 치밀었다. 아무 죄 없는 그가 너무나 무안할까봐 5초 정도는 유지해 주려고 했는데 불가능이었다. 곧 나는 다시 손을 빼냈다. 갈

곳 잃은 그의 손은 방황하다가 자신의 허벅지 위에 놓였다.

영화가 끝날 때까지 머릿속이 복잡했다. 나는 외로움이 두려워서 판단을 유보했지만, 내 손은 모든 것을 알고 있었던 것이다. 진실은, 그에게는 미안하지만, 나는 그가 싫었나 보다.

그날 그는 애매한 표정으로 마지막 버스를 탔고, 나는 더 이상 그의 전화를 받지 않았다. 세 번 긴 전화벨이 울렸고, 그 역시 더 이상 연락을 시도하지 않았다. 부재중 전화 세 통, 그가 남긴 마지막 흔적이었다. 점잖고 합리적인 남자였다. 아마 그의 손도 알았겠지. 나와 비슷한 거부반응을 그도 느꼈을지 모를 일이다.

그날 이후, 나는 손의 직감을 믿게 되었다. 내 마음을 내 손이 판단할 수 있다니, 그것도 나름 멋진 일이라 생각했다.

택시 안에서 네가 내 손을 잡은 일은 내 상상 밖이었다. 집까지 데려다준다며 네가 택시에 타는 내 옆으로 불쑥 끼어들어 앉아 차문을 닫고 출발하는 상황도 전혀 예상하지 못했다.

추운 겨울의 늦은 밤이었다. 본디 찬 편인 내 손은 겨울에는 완전 얼음장이어서, 네 손이 내 손을 쥐었을 때 나는 왠지 부끄러웠다. 너는 '아유, 손이 왜 이렇게 차요, 춥겠다' 하면서 다시 힘주어 내 손을 잡아주었다. 그런 네 손의 느낌이 너무 좋아서, 나는 그대로 너와 연애하고 싶었다.

그날 우리는 손을 잡은 채 택시에서 내렸다. 너는 네 목도리를 풀어 나에게 둘러주었고, 우리는 손을 잡고 함께 걸었다. 집 앞에 와서도 손을 놓기가 아쉬워서 한참을 그대로 서 있었다.

침대에서 뒤척이던 나에게, 다시 택시를 타고 너의 집에 도착한 너의 문자가 그저 잘 자라는 인사인 것이 섭섭했다. 연애하자, 같은 저돌적인 문자를 기대했던 것일까. 뒤척이다 보니 어느 새 동이 트고 있었다.

그 기억을 남겨둔 채, 나는 짧은 휴가를 떠났다. 휴가지에서 후배와 메신저로 이런저런 잡담을 주고받던 중, 문득 날아든 질문.

지금 제일 보고 싶은 사람은 누구예요?

휴대폰 액정 위에 뜬 그 질문을 한참 들여다보았다. 그 질문을 읽은 순간, 택시 안 그 손의 감촉이 떠오른 것은 우연이 아니었을 것이다. 그 손의 진실. 왜 나는 그 손의 느낌을 의심했을까. 손은 모든 것을 알고 있는데 말이다.

일상으로 복귀하자마자 그에게 문자를 보낸 것은 마주잡은 우리의 손, 그 손의 직관을 믿었기 때문이다.

정말로, 손은 모든 것을 알고 있다.

커피

그해 여름은 참담했다. 겉으로 무사한 척하기도 힘들었다. 남들은 나를 강하다 생각했다. 남들이 보기에 그럭저럭 괜찮게 삶을 영위하는 것처럼 보일 듯도 싶었다. 사실은 그렇지 않았다. 난 망했어. 속으로 매일 이런 생각을 했다.

열심히 일했지만 인정은 받지 못했다. 기회는 결정적인 순간 남에게 넘어갔다. 하도 답답해서 줄곧 점을 보러 다니기도 했다. 올해는 뭘 해도 안 되는 운이네요. 내 사주를 들여다보며 안경 쓴 아저씨는 냉정하게 말했다. 손발이 묶여 있는 형국이에요. 이런 시기는 그냥 잘 흘려보내는 것밖에 방법이 없어요.

점괘가 맞나 싶게 실제로 뭘 해도 안 됐다. 기획은 판판이 엎어졌고, 어느 것 하나 제대로 된 성과를 내지 못했다.

회복이 가능할까 싶게 너덜너덜해진 마음을 안고, 한강이 보이는 카페에서 커피를 마시면서 시나리오를 쓰기 시작했다. 어디로 갈지 알 수 없는 이야기였다. 다만 무어라도 써야 했다.

고백하건대, 그 전에는 내가 시나리오를 쓸 것이라고 생각해본 적이 없었다. 나는 TV드라마를 만드는 사람이었으니까.

그러나 삶이 이끄는 대로 흘러가지 않는다는 것을 처절하게 깨달은 그때, 나는 시나리오를 써야겠다 결심했다. 잘 쓰든 못 쓰든, 그건 중요하지 않았다.

휴일 또는 퇴근 후, 배낭에 노트북을 넣고 걸어서 카페로 왔다. 오직 글을 쓰기 위해 하루의 휴가를 내기도 했다. 커피 한 잔을 주문하고, 노트북을 펼쳤다. 바깥에는 한강이 흐르고 있었다. 카페는 대체로 한적했고, 늘 같은 노래들이 흘러나왔다. 두어 개의 CD만 반복해서 트는 것 같았다.

이상하게 나는 매번 똑같은 노래의 똑같은 가사가 들릴 때 동작을 멈춰야 했다. '있잖아, 듣니, 내 맘이 보이니, 내가 널 사랑하나봐, 가슴이 멍들도록 뛰고 있어, 더 아프지 않게 꼭 안아줘…….' 그때마다 설움이 치밀었다.

당시 나는 사적으로도 최악이었다. 믿었던 사람으로부터 배신당하기 직전이었다. 배신의 징후는 차고도 넘쳤으니 결론은 정해져 있었다. 다만, 내가 그의 배신을 받아들일 마음의 준비가 필요했을 뿐이다. 내가 얼마나 멍청했는지, 그가 얼마나 비겁했는지를 인정할 마음의 준비가.

당시 의지했던 또 다른 사람은 일방적으로 나와의 연락을 끊었다. 당분간은 나만 생각할래, 그것이 그가 했던 마지막 말이었다.

그곳의 커피는 진하고 썼다. 나는 쓴 커피를 마시며 썼다. 갑자기 찾아온 사랑 때문에 삶이 뿌리째 흔들리는 사람들에 관한 이야기였다. 흔하디 흔한 신파였는데, 나는 꽤 몰입해서 썼다. 내 이야기인 양, 쓰다가 혼자 울컥해 버린 적도 많다. 좀 창피하지만 사실이다.

그렇게 두 달 동안, 커피를 마시며 나는 결코 잘 썼다고 할 수 없는 시나리오 하나를 완성했다. 그리고 나니 어느새 가을이 성큼 다가와 있었다.

그해 가을, 나는 그들과 이별했다. 아마 여름 내내 마신 커피, 그리고 커피를 마시며 써내려간 이야기 덕분일 터이다. 커피를 마시고 쓰면서, 나는 내 나름의 치유 과정을 겪어나간 것이다. 어떻게든 살아보겠다는 내 생의 의지의 발로였다고 생각한다.

어느 책에서인가 글을 쓰는 행위는 억압된 감정을 승화시키는 가장 좋은 방법 중 하나라는 내용을 읽은 적이 있다. 어떤 글이라도 좋다고 했다. 의식의 흐름대로 막 써내려가는 일기 같은 글부터 시, 소설, 시나리오처럼 형식을 갖춘 글까지 상관없다고 했다.

내 경험에 비추어 보면, 그 말은 맞다. 내 인생에서 가장 비참했던 여름에 나는 시나리오를 썼으니까. 결과적으로 그 여름은 상실의 시간이 아니라 생산의 시간이 되었으니까. 그리고 그 생산의 시간을 나는 커피와 떼어서 생각할 수가 없다.

얼마 전, 드라마 하나를 끝내고 휴가를 다녀왔다. 그것은 내 커리어에서 하나의 전환점을 형성할 만큼 중요한 작품이었다. 객관적인 결과가 좋지는 않았다. 그러나 과정은 괜찮았다.

엄청난 정신적인 압박감과 살인적인 노동 강도를 몇 달 동안 버텨내면서, '문제없이' 끝까지 웃으면서 '해냈다'는 점에서 나는 스스로에게 합격점을 주고 싶었다.

그러나 동시에 나는 방전 상태였다. 남김없이 쏟아부은 체력과 정신력이 바닥을 드러내고 있었다.

터키 쿠샤다시의 에게해가 보이는 카페에서 커피를 마셨다. 한국은 겨울이었는데, 그곳은 반팔을 입고 다녀도 될 정도로 다사로웠다. 아무것도 하지 않고 그저 멍하니 앉아 커피만 마셨다. 가지고 갔던 책을 펼쳐 몇 장을 넘기기도 했다.

눈을 들어보면, 바다 위로 햇살이 부서지고 있었다. 그렇게 한참을 있다가 저녁이 되면 터벅터벅 걸어 호텔로 돌아왔다. 다음 날도, 그 다음 날도, 쿠샤다시에 머무는 내내 그 카페에 가서 커피를 마시는 것이 유일한 일과였다.

지난 시간을 복기해 보기도 하고, 내 곁의 사람들을 떠올려 보기도 하고, 머릿속에 떠오르는 이런저런 상념들을 그냥 따라가 보기도 했다. 그러면서 나는 내 안에서 어떤 이미지가 자리 잡는 것을 느꼈다.

콤플렉스로 가득 찬, 키가 작은 남자가 한쪽 다리를 절면서 여자를 구하러 간다. 한 손에 칼을 쥐고서……. 그 이미지는 점점 또렷해졌고, 나는 그 남자가 궁금해졌다. 그 남자는 왜 그 여자를 사랑하게 되었을까? 그 남자는 그 여자를 무엇으로부터 구해야 하는 걸까? 여자에 대한 사랑은 이 남자를 구원할 수 있을까? 여자는 이 남자의 마음을 어디까지 알고 있을까?

질문이 꼬리를 물고 이어졌다. 나는 그 남자를 연민했고, 그의 이야기를 쓰고 싶어졌다. 나는 다시 시작하고 싶어진 것이다. 지난 일들이 어떠했든지 그것은 별로 중요하지 않다. 그 일이 얼마나 힘들었고, 남들에게 말도 못 하고 혼자 끌어안아야 했던 사연이 얼마나 많았고, 그 일이 객관적인 지표상으로는 실패로 끝났다 해도, 괜찮다. 그것은 그냥 지난 일일 뿐이니까.

나는 다시 커피를 마시며 글을 쓰면 된다. 그럴 수만 있다면

커피를 마시고 쓰면서,
나는 내 나름의 치유 과정을 겪어나간 것이다.
어떻게든 살아보겠다는 내 생의 의지의 발로였다고 생각한다.

모든 시기는 생산적인 나날들로 바뀐다. 그것은 이미 그해 여름에 경험했던 일이다. 다행이다. 커피는 언제라도 마실 수 있으니까. 나는 그 점에 진심으로 감사한다.

덧붙이자면, 터키에서 돌아와 나는 정말로 그 남자의 이야기를 쓰기 시작했다. 짬짬이 남는 시간마다 열심히 썼다. 쿠샤다시의 커피 덕분인지, 비교적 이야기가 잘 풀렸다. 일단 '끝'자는 찍었다.

당연히 그 글은 완벽하지 않다. 그저 컴퓨터 안에 하나의 파일로 저장되어 있는 단계다. 처음의 이미지도 많이 바뀌었다. 일례로 그 남자는 키가 작지도 않고, 다리를 절지도 않는다. 대신 다른 아픔을 갖게 됐다. 그 이야기를 쓰는 동안 쓴 커피를 수도 없이 들이켰음은 물론이다.

나는 여태 커피를 마시며 글을 써왔으니, 내가 쓴 글의 양은 내가 마신 커피의 양에 비례할 것이다. 내게 글은 어떻게든 살아보겠다는 욕망이었고, 삶은 언제든지 내가 원하는 방향으로 다시 시작할 수 있다는 희망이었다.

그러니, 내가 고작 커피 따위에 집착한다고 꾸짖지 말아주시기 바란다. 조금 과장하자면, 커피를 마실 수 있어서 나는 그나마 열심히 살아올 수 있었던 건지도 모르니까 말이다.

그림자

::: 우리는 잠시 겹쳤던 것일까

속삭이듯 그가 말했다.

나 말고는 아무도 듣지 못할 정도의 크기로, 작게.

"이거 봐."

그가 장난처럼 몸을 기울였다. 조명 아래 길게 늘어진 우리
의 그림자가 포옹하듯 겹쳐졌다. 마치 진짜 우리의 몸이 포개
진 듯 심장이 미친 듯이 뛰었다.

살짝 그를 올려다보니 그가 씩, 웃는다.

우앗, 이렇게 좋은데. 절대 내 것일 수 없는 남자. 당신은 이미
짝이 있었으니까.

그래서 그걸로 끝났다. 그림자의 포개짐으로만, 우리 사이는

끝. 아무 일도 없었다.

우리 주위에는 너무나 많은 사람들이 있었으니까. 너도 알고 나도 알고, 앞으로도 같이 알고 지낼 것이며, 또한 행여 우리 사이에 뭔 일이라도 있을라치면 악의는 없을지라도 우리에게 칼이 되어 꽂힐 게 뻔한 뒷담화를 신나게 해댈 사람들로부터 우리는 둘러싸여 있었다.

그에 더하여, 또한 우리 마음속의 기준. 우리 사이는 무엇이 되어도 인정받지 못해. 우리는 사회화된 성인이므로, 알고 있다. 그러므로 우리가 겹칠 수 있는 것은 지금 이 순간의 그림자뿐이라는 것을. 이 순간이 지나면 우리는 편안한 동료로 돌아간다. 알고 있었다. 그도, 나도.

우연인지, 의지인지는 알 수 없지만, 그 뒤로 우리는 만나지 못했다. 동종업계라 볼 수도 있는 사람인데도, 먼발치에서 모습을 보기도 힘들었다. 차라리 그게 나았겠지만. 어차피 아무것도 될 수 없는 사이. 그래서 그림자로만 기억되는 남자.

"선배, 이것 좀 봐요."

맞은편에 앉아 있던 그가 자기 앞의 호프잔을 가리키며 씩 웃었다. 방금 그가 한 모금 마신 500cc 호프잔의 벽에는 하얀 맥주 거품이 묻어 있었다.

피이, 맥주거품이 뭐 어쨌다고.

그런 내 표정을 읽었는지, 그가 내 쪽으로 몸을 기울였다. 이번엔 조금 더 은밀해진 말투에 애교까지 섞였다.

"잘 좀 봐요오~."

그의 손가락이 가리키는 것을 자세히 보니, 하얀 맥주 거품이 하트 모양을 닮았다. 피식, 웃음이 새어나왔다. 이 자식, 은근 귀엽네. 내 웃음을 본 그가 으쓱해하더니 거품을 짚었던 손가락으로 자기 가슴을 가리킨다.

어라? 애가 지금 나한테 수작을 거는 거야?

나도 모르게 주변을 둘러보았다. 내 옆에는 술에만 취하면(혹은 술에 취할 때만) 사회정의 구현을 외치는 소심한 선배가 벌써 목소리를 높이기 시작하고 있었다. 즉, 우리 둘만 있던 술자리가 아니었다. 그 말은, 우리가 둘만 만나 술잔을 기울일 정도로 친한 사이가 아니었다는 뜻이기도 하다.

좋은 후배라 생각했지만 남자라고 여겨본 적은 없다. 업무상 만난 관계에다. 그의 나이는 나보다 한참 아래여서 남녀사이로 발전하는 건 좀 부적절해 보였다. 그런데 순간 설렜다.

고작 하트 모양의 맥주 거품에. 그것도 두 번 세 번 눈을 갖다 대고 보아야 '아아~!' 할 만큼 불분명한 하트. 누군가 '음, 이것은 고구마 모양입니다' 한다면, '아네, 그렇군요' 수긍하지 않을 수 없을, 그저 흘러내리는 맥주 거품 따위에.

그런데 사람 사이는 참 묘한 데가 있어서, 그 술자리 이후 나

맥주 거품을 가리키던 그의 손가락이
자신의 심장을 가리켰을 때,
나도 모르게 비어져 나온 웃음에 그가 마주 웃었을 때,
그때만큼은 우리, 설레는 한 순간을 공유했던 것 아닐까.

는 그 아이와 부쩍 가까워졌다. 설명할 수 없는 친밀감이 생겨난 거다. 물론 연애로 발전한 것은 아니었고, 그 순간의 하트 모양의 맥주거품에 대해 이야기를 나눈 적도 없다.

그러나 맥주 거품을 가리키던 그의 손가락이 자신의 심장을 가리켰을 때, 나도 모르게 비어져 나온 웃음에 그가 마주 웃었을 때, 그때만큼은 우리, 설레는 한 순간을 공유했던 것 아닐까.

그런 순간이 있다. 오직 그 순간만이 전부인.

그 전에 우리가 무엇이었고, 그 뒤에 우리가 어떻게 될지는 하나도 중요하지 않은.

그 순간만 떠올리면 가슴이 따끔하고 웃음이 비죽거려지는, '아~ 내가 살아 있구나'를 감각하게 되는 그런 순간.

갈증을 풀어주는 시원한 물 한 잔처럼, 그런 찰나 덕분에 우리의 진부한 일상은 나름 재미있어지는 것 같다.

나비

'그래, 어차피 혼자 사는 인생인 거야.'

섭섭한 마음이었다. 딱히 누구라고 특정할 것도 없이, 주변 친구들 모두에게 삐쳐 있는 상태였다. 내 고통은 잘 나누어지지 않았다. 주변 사람들은 자신이 진 짐의 무게에 허덕이기에도 바쁜 것 같았다. 그 즈음의 모든 만남에서 대화는 자주 툭툭 끊겼다.

내 일상은 지질하기 그지없었는데, 거기에 대해 토로라도 할라치면 배부른 소리 하지 말라는 핀잔이 돌아왔다. 각자 처해 있는 다른 환경에 따라 친구들 사이에는 건널 수 없는 강이 흘렀다. 결혼 유무, 아이 유무는 그중 핵심적인 차이를 만들었다.

애 엄마들은 아이를 핑계로 약속 시간과 장소를 편의대로 조정했다. 그러면서도 당당했다. 적어도 내 눈에는 그렇게 보였다. 그만큼 나는 배배 꼬여 있었다. '애 엄마가 무슨 벼슬이야?' 속으로 빈정댄 적도 한두 번이 아니었다.

그러나 나를 친구들과 격리된 '은둔 상태'로 몰아넣은 결정타는, 전혀 예상하지 못했던 것이었다.

그것은 바로, 이 말이었다.

"요즘 연애는 안 해?"

물론 이 단 한마디로 내가, 겉으로 티는 안 냈지만(티가 났더라도 할 수 없지만), 우정에 대한 모든 기대를 접은 것은 아니다.

꽤 오래전부터, 나는 연애를 묻는 친구들의 질문이 불편해지기 시작했다. 정말 나의 연애사에 그렇게 관심과 애정이 있는 걸까? 그냥 의례적으로 묻는 이야기, 또는 우리들의 대화의 장場에 올려진 심심풀이 안주거리가 아닐까?

결혼한 우리는 남편과 시댁과 아이에 대한 이야기를 올려주마, 그러니 싱글인 너는 (그에 상응하는) 연애 이야기를 올려라, 이런 느낌마저 들었다. 나에게 남자가 있는지 없는지, 어디에서 남자를 구하는지, 이제 내게 가능한 남자들은 어떤 수준인지.

커리어를 쌓아가는 일, 사회적 성취의 어려움처럼 그 순간 나에게 절박했던 화두는 점점 우리들의 만남에 어울리지 않아졌다.

친구들은 물었다. 요즘 연애하는 사람 있어? '예스'일 경우 후속질문이 쏟아졌다. 그 질문들에 하나하나 답을 하다보면 어김없이 남자친구한테 미안해졌다. 마치 도마 위에 남자친구를 생선처럼 올려두고 샅샅이 해부하게 하는 기분이랄까?

'노'일 경우 탁자 주변에 묘한 실망감이 감돌았고, 나는 이상한 패배감에 젖었다. 마땅히 제공해야 할 화제를 만들지 못한 무능한 나. 연애도 못 하는 싱글 친구.

최근의 한 만남이 문제였다. 오랜만에 친구들과의 모임이 잡혔다. 서로를 알고 지낸 지 10년이 훌쩍 넘은 사이. 볼꼴 못 볼꼴 다 보고, 젊은 날의 흑역사까지 쫙 꿰고 있는 사이다 보니 언젠가부터 우리의 대화는 맥없이 공전하기 시작했다.

이미 아는 이야기, 다 했던 이야기, '어차피'라는 핑계로 미리 접어버린, 그러니까 아예 입 밖에 내지도 못한 이야기…… 그때 그 질문이, 수도 없이 들어온 그 질문이 떡하니 내 앞에 던져진 거다.

"요즘 연애는 안 해?"

친구들은 내가 어떤 미적지근한 관계에 연루되어 있다는 걸 알고 있는 상태였다. 그러니까 그 후속 스토리가 궁금했던 거였다.

"그 남자와는 요즘 어때? 잘돼가?"

그. 남. 자. 겨우 눌러놓았던 스트레스 지수가 확 치솟았다. 안 그래도 그 남자 때문에 속이 시끄럽던 차였다. 이제 연애란 더이상 내 인생에 존재하지 않는 단어인지도 몰라. 비장하게 절망하던 중이었다. 그래서 친구들과 오랜만에 잡은 이 모임에 나오기에도 무거운 심사가 질질 끌렸다.

딱히 대답할 말이 없어 '그냥 그렇지 뭐' 하고 얼버무렸다. 나도 문제긴 하다. 그 남자랑 잘돼간다면 신나서 내가 먼저 떠벌리고 있었을 수도 있을 테니까. 그때 다시 던져진 질문.

"너는 그 남자 어디가 좋은 거야?"

강펀치! 그 남자의 어디가 좋냐고? 나도 모른다. 그게 뭐 중요해? 그 남자와 나는 아무것도 아닌 사이로 서서히 저물어가고 있었는데. 그 남자 마음은커녕 내 마음도 모르겠는데. 연락이 뜸해지는데, 내가 먼저 연락하기는 또 싫었다. 그쪽이 적극적으로 표현하지 않는 게 섭섭하면서도 내가 솔직하게 나서기는 또 싫었다.

그러니까 모른다고!

그런 남자가 있었다는 기억조차 지워버리고 싶다고!

친구들은 내 안의 생각의 흐름을 읽지 못했다. 당연하다. 인간의 마음은 볼 수 없게 안쪽에 꽁꽁 숨겨져 있으니까.

그러나 나는 그 순간, 우정 무용론자가 되었다.

결국 인간은 혼자야. 내 문제를 진심으로 이해해 주는 사람은 아무도 없고, 나에게 너무나 중요한 일들이 너희들에겐 그저 심심풀이 땅콩일 뿐이지.

그렇게 나는 속으로 삐쳐갔다. 웬만하면 삐친다는 표현은 안 쓰고 싶지만, 어쩔 수 없다. 내가 삐친 건 사실이니까. 그래서 나는 공적인 일 이외의 모든 연락을 끊었다.

다 필요 없어! 혼자 있을 거야!

촬영 전날이었다. 다음 날 새벽에 일어나 촬영을 하러 나가야 했다. 나는 심신이 지쳐 있었고 누구와도 말을 섞고 싶지 않았다. 저녁 무렵, 혼자 숙소를 나섰다. 상당한 거리를 걸어 내려가면서 외진 식당을 찾았다. 혹시라도 아는 얼굴을 마주치고 싶지 않았기 때문이다.

작은 테이블 다섯 개가 놓인 소박한 식당에 자리를 잡았다. 주문을 받으러 온 아가씨에게 뭐가 괜찮아요, 물었더니 해물뚝배기를 추천한다. 그럼 그걸로 주세요. 잠시 후 내 앞에 보글보글 끓는 해물뚝배기가 놓였다. 한 숟갈 떠먹어 보니 그럭저럭 맛이 괜찮았다. 그렇게 혼자 밥을 먹고 있는데, 갑자기 밖에서 흰 나비 한 마리가 날아 들어왔다.

나비는 내 탁자 위를 한참 동안 나풀거리며 날았다. 혼자 먹는 해물뚝배기 위의 나비……. 뭔가 비현실적인 풍경이어서, 나는 잠시 숟가락질을 멈추고 한참 나비의 날갯짓을 보았다. 그렇게 한참이 흐르고 나서, 나비는 밖으로 사라졌다.

나는 뭉클해졌다. 이렇게 살아갈 수 있어서 다행이고, 감사했다.
왜 갑자기 그런 생각이 떠올랐는지, 그것이 나의 식사 위에서 나풀거렸던
하얀 나비의 날갯짓과 관련이 있는지는 알 수 없다.
그러나 신기하게, 꼬여 있던 내 안이 편안해지기 시작했다.
마치 누군가가 진심으로 정성껏 나를 달래준 것처럼.

나는 뭉클해졌다. 이렇게 살아갈 수 있어서 다행이고, 감사했다. 왜 갑자기 그런 생각이 떠올랐는지, 그것이 나의 식사 위에서 나풀거렸던 하얀 나비의 날갯짓과 관련이 있는지는 알 수 없다. 그러나 신기하게, 꼬여 있던 내 안이 편안해지기 시작했다. 마치 누군가가 진심으로 정성껏 나를 달래준 것처럼.

나는 해야 할 일이 있고, 만나야 할 사람들이 있고, 밥을 사고 커피를 사고 책을 살 돈을 번다. '이 정도면 꽤 괜찮지 않아?' 하는 자부심에 으쓱할 때도 있지만, '나는 왜 이 모양일까' 찌그러질 때도 있다. 그러면서 나는 살아간다.

아마 나처럼, 내 친구들도 각자의 인생을 살아가고 있는 거겠지. 때로 서운해하면서, 때로 북돋우면서. 너도 나처럼 살아가고 있구나. 그런 이해가 든 순간 나의 삐침은 풀렸다. 완벽하게.

우리는 모두 살아가는 존재니까.

적어도 지금 이 순간만큼은, 이 문장 하나로 충분하다.

조만간 친구들과 모임을 다시 잡아야겠어, 생각하면서 힘차게 밥알을 씹었다.

삭제

::: 인 연 은 대 단 한 것 이 아 닐 지 도 몰 라

오랫동안 O의 전화번호는 내 휴대폰 안에 저장되어 있었다.

'우리는 친해'라고 생각한 지 10년이 넘은 사이. 그 아이는 내가 가장 예뻐하는 후배였다. 자주 그의 번호를 누를 일이야 없었지만, 언제라도 내가 원한다면 그 아이와 연락이 닿을 수 있을 거라고 당연하게 믿었다. 우리 사이엔 오랜 시간과 그 안의 경험들로 단련된 신뢰가 있었으니까.

그런데, 어느 날 문득 O의 카톡 프로필이 바뀐 것을 발견했다. 프로필의 사진은 분명 O가 아니었다. O가 전화번호를 바꾼 것이다. 나에게 어떤 고지도 하지 않고! 나는 여기저기 수소문하지 않고는 내킬 때마다 그 아이와 연락을 할 수 있는 수단을

잃었고, 그 이유 또한 알지 못했다.

곰곰이 생각해 보니, O에게 여자친구가 생겼다는 것을 풍문으로 들은 기억이 났다. 그것 말고는 찾을 수 있는 이유가 도무지 없었으므로, 정말로 그게 이유인가 싶기도 했다.

그렇다 해도, 그사이 O가 연애를 안 했던 것도 아니고, 내가 그 아이의 여자친구와 도대체 무슨 상관이란 말인가.

정말로 O가 어떤 연애를 시작하면서 나는 그에게서 삭제된 것일까. 일방적으로 인연을 뺏긴 기분이 들어서 좀 억울했다. 그렇다고 이리저리 수소문을 하고 그의 연락처를 알아내어 '왜 내게 알리지도 않고 전화번호를 네 맘대로 바꾸느냐'고 따질 수도 없는 일이어서, 그저 네 나름의 이유가 있었겠지 하는 마음으로 이해하려고 노력했다. 시간이 흐르면서 자연스럽게 서운함도 옅어졌다.

어느 날 낯선 번호로부터 전화가 걸려왔다. 오래전 그 목소리가 '여보세요' 한다. 반가운 마음에 'O니?' 물으니, '어? 난 줄 어떻게 알았어?' 한다. 이어서 들리는 친숙한 웃음소리. 맞다, 나는 O가 웃는 걸 좋아했었지. 그 아이의 웃음에는 사람을 무장 해제시키는 매력이 있었다. 이어지는 말 '고마워, 바로 알아봐줘서'. 여전한 장난기까지, 그대로였다.

며칠 뒤 우리는 만났다. 잊고 지냈던 몇 년의 시간 동안 섭섭

함도 다 사라진 모양인지, 그저 궁금하고 반가운 마음이었다.

"누나!"

O가 카페 문을 열고 들어섰다. 여전히 웃는 인상에 더 강건해진 듯한 몸. 나이를 먹은 티는 좀 났는데, 그래서인지 예전에는 몰랐던 남자다움이 물씬 풍겼다. 가볍게 그의 손을 잡았다 놓았다. 연락 없이 지냈던 시간이 그렇게 길었나 싶게. 이물감 없이 친근한 O의 손.

커피를 앞에 두고, 그간 서로의 근황을 나눈 뒤 내가 물었다.

"그런데 우리는 왜 갑자기 단절됐던 거니?"

그 아이는 쑥스럽게 웃었다. 내 예상이 맞았다. 그때 O는 새로운 연애를 시작했고, 이전의 연애들과 달리 그 연애는 결혼까지 이어가고 싶도록 진지한 마음이었고, 그래서 기존의 관계를 정리해야겠다고 생각했다는 거다. 미안해하는 표정으로 O가 덧붙였다.

"누나한테만 그런 거 아냐. 다른 형들이나 친구들한테도 다 그랬어."

한편으로는 이해할 수 있을 것 같았다. 나도 그랬을 때가 있었으니까. 인생이 새로운 단계로 움직여가고 있다는 느낌이 들 때, 기존의 세상과 이별하고 새로운 세계로 진입해야겠다는 의지가 강해질 때, 나도 충동적으로 전화번호부를 정리했다.

사람은 사회적 동물 아닌가. 기존의 세상이란 곧 기존의 사람들, 그들과의 관계망이니까. 휴대폰에 저장된 번호들을 삭제하는 행위는 새롭게 변하겠다는 일종의 의식 같은 것이었다.

그 아이는 진심으로 결혼하고 싶었다고 했다.

"누나도 알잖아, 내가 그렇게 결혼에 맞는 사람이 아니라는 거 말이야."

그랬기 때문에 O는 당시 여자친구를 위해 자신이 할 수 있는 모든 것을 한 것이다. 휴대폰 번호를 바꾼 것도 그 의지의 표현이었고…….

그리고 최근에 O는 그 여자와 헤어졌다고 했다. '그렇게 좋아했으면서 왜 헤어졌어?' 물어보고 나서 곧바로 후회했다.

바보 같은 질문. 헤어지는 데 이유가 있나. 만나는 데 이유가 없는 것처럼, 헤어지는 데도 이유가 없지.

지금은 마음이 거의 정리됐지만, 그 이별을 겪어내는 것이 O는 많이 힘들었노라 했다. 이성을 잃지 않기 위해 동양의 고전들을 읽으며 인격수양을 좀 했지. 장난처럼 그 아이가 말했다. 너처럼 책 읽기를 싫어하는 애가 그 책들을 다 읽었다니, 그 여자가 참 좋은 일을 했구나. 나도 농담처럼 받았지만, 그 과정에서 O가 겪어냈을 감정의 파고를 본 듯하여 마음 한구석이 덜컥거렸다.

"뭐, 그쪽도 많이 힘들었겠지."

못 본 새 진짜 어른이 돼버린 것 같은, 그날 O의 마지막 말이었다. 그 아이는 그 말을 미소를 띠고 했다. 나는 정말 누나처럼, 그 아이가 기특했다.

O의 번호는 이제 다시 내 휴대폰 안에 있다. 나는 몇 년 전보다 지금의 O가 훨씬 더 좋다. 객관적으로도 더 매력적이 된 것 같지만, 그거야 내 생각일 뿐이고…… 우리의 인연이 단절됐던 몇 년 간, 나와 O는 각자의 인생을 성실히 살아왔고, 그 시간 동안은 서로를 필요로 하지 않았다. 그 사실이 이제는 전혀 서운하지 않다. 다시 만난 것을 보면 나와 O의 인연은 끝나지 않았나 보다.

그러나 이제 언제든지, 우리의 인연이 예상치 못한 순간에 끊길 수 있다는 것을 안다. 그것은 누구의 탓도 아니고, 꼭 나쁜 일만도 아니다. 인연을 이어가고 끝내는 일은 사람의 일이 아니라고 나는 요즘 생각한다. 살아오면서, 끝내야 할 인연을 두려움과 의존성 때문에 버리지 못하고 질질 끌어서 더 나빠지는 경우를 많이 목격했기 때문인지도 모른다.

인연은 소중한 것이지만 연연할 것은 아니다.

그래서 인연은 생각만큼 대단치 않다. 그것의 시작과 끝을, 유지와 변화를 우리가 통제할 수 없기 때문이다.

얼마 전, 한 영화의 시사회장에 갔다가 옛 애인과 마주쳤다. 그 역시 관련분야에서 일하고 있는 사람이라 시사회장에 가기 전, 어쩌면 그를 만날 수도 있겠다는 생각을 아주 작게, 의식도 못 할 만큼 떠올리긴 했지만, 어색한 것은 어쩔 수 없었다.

반갑지 않은 것은 아니었다. 왜 아니겠나, 한때 내 전부였던 사람인데. 그가 손을 내밀어 악수를 청했다. 맞잡은 그의 손은 차가웠다. 그 온도만큼 우리 사이도 식어버린 거겠지.

어쩌면 다른 장소에서 그와 나는 또 만날지 모르겠다. 그때도 서로의 찬 손을 내밀어 어색한 악수를 하려나……. 시작하는 연인처럼 꼭 끌어안거나, 아니면 삿대질을 하며 크게 다툴 수도 있겠지. 그것은 지금의 내가 알 수 있는 일이 아니다.

그것은, 인연의 몫이다.

초콜릿

::: 당신과 나의 행복한 식사를 위하여

"누나, 살찐 것 같은데요."

정신없는 드라마의 촬영현장. 모니터 앞에 앉은 내 옆에서 현장을 진행하던 연출부 L이 슬쩍 말한다. 등장인물들의 감정선과 장면의 시각적 구성 등 팽팽거리며 돌아가던 머릿속이 일시정지. 나도 모르게 확, 고개를 돌렸다.

"뭐어~? 진짜?"

몇 번 같이 호흡을 맞춘 후 내 상태를 귀신처럼, 나보다 더 잘 캐치하는 L이 고개를 끄덕거린다. (어떤 상황에서도 진실만을 말하는 참 정직한 아이다. ㅜㅜ.)

"요즘 초콜릿 엄청 드셨잖아요."

"……."

할 말이 없다. L의 말이 맞다. 몇 주 동안 엄청난 양의 초콜릿을 중심으로 한 '단것'들이 내 배 속으로 투하되었다. 그러니 몇 년 동안 꾸준히 같은 숫자의 무게를 기록해 왔던 내 몸이 불어나는 것은 자연의 섭리가 아니겠는가.

슬그머니 바지춤을 추슬렀다. 촬영이 시작되기 전 여유 있게 맞던 허리가 꽉 끼기 시작한 걸 느낀 지도 꽤 됐다. 인정하지 않았을 뿐…….

이건 살이 아니야. 그냥 부은 거야. 내일이 되면 사라질 붓기야.

그런데 모니터 주위를 둘러싸고 선 스태프들의 말없는 수긍의 분위기라니. 이쯤 되면 인정하지 않을 수가 없다.

이거, 살 맞다. 붓기 아니다. 살이다. 엉엉.

평소의 나는 단 음식을 즐기지 않는다. 빵을 좋아하는 편이긴 하지만, 초콜릿이나 사탕, 과자 같은 것은 거의 입에 대지 않는다. 그러나 촬영 현장에만 오면 평소에 거들떠보지도 않던 단것들이 왜 이렇게 당기는지. 아마 피로와 스트레스 탓이겠지만.

하루 평균 수면시간이 서너 시간밖에 되지 않는 엄청난 노동 강도였다. 달디 단 초콜릿은 지친 몸에 위로가 되었다. 잠을 깨우는 효과도 있었고, 얼마 남지 않은 몸의 에너지를 쥐어짜 끌어올리는 효과도 있었다.

그러니 L의 말대로, 내가 최근에 먹은 초콜릿의 양만큼 나는 열심히 일했던 것이다. 내 위장에 들어가 나의 새로운 살을 형성한 '단것'들은, 그러니까 나의 최선에 대한 증거이고, 스트레스와 피로를 이겨내고 나를 버텨내게 한 힘이었던 거다.

컴퓨터 바탕화면의 아이콘처럼, 언제든 클릭할 수 있는 손쉽고 감사한 위로.

그래서 나는 촬영이 끝날 때까지 '단것'들이 주는 지금의 위로를 포기하지 않기로 했다. 다 살자고 하는 일 아닌가. 나를 즐겁게 견디게 하는 것들을, 왜 버려야 한다는 말인가. 나는 소중하니까. 내 욕망은 소중하니까.

그래서 나는 쿨하게 대답했다.

"촬영 끝나고 빼지 뭐. 초콜릿 남은 거 없냐?"

L이 속을 알 수 없는 표정으로 건네준 초콜릿을 우걱우걱 씹었다. 아마도 그 단맛으로 며칠은 버틸 수 있을 거다. 그럼 된 거지.

초콜릿 하면 떠오르는 기억이 있다.

몇 년 전의 밸런타인데이, 나는 두 남자 사이에 양다리를 걸친 상태였다. 의도적인 것은 아니었다. 나는 과도하게 솔직한 성격인 데다 '양다리'라는 정교한 기술을 시전할 수 있을 정도로 치밀한 인간은 못 된다. 그냥 희한하게 그런 상황이 돼버렸다.

몇 달 전 소개팅을 하고 몇 번의 데이트를 했던 A로부터 갑

달디 단 초콜릿은 지친 몸에 위로가 되었다.
잠을 깨우는 효과도 있었고, 얼마 남지 않은 몸의
에너지를 쥐어짜 끌어올리는 효과도 있었다.

자기 연락이 끊겼고, 그 생뚱맞은 연락두절의 이유를 찾지 못해 한참을 맘고생하다가, 그때 마침 들어온 소개팅을 나가 B를 만난 뒤 애프터 신청을 받아 밥을 한 번 함께 먹었는데, A로부터 연락이 (역시나 생뚱맞게) 재개된 것이다.

따지고 보면 '양다리'라 부르기도 그런 것이, A와도 B와도 연애에 돌입하지 않은(못한?) 상태였고, 나는 초반에 매우 공격적으로 나에 대한 호감을 표현하던 A가 왜 갑자기 연락을 끊고 또 한 갑자기 연락을 해왔는지를 직접 대면하여 듣고 싶었고(이 몹쓸 호기심!), 이제 밥 한 번 먹었을 뿐인 B에게 그런 사실을 시시콜콜 보고할 이유도 없었고, 다만 그때 밸런타인데이라는 커플들의 명절이 다가왔을 뿐이다.

그래서 생전 처음 '두 탕'을 뛰었다.

A의 퇴근 시간이 남달리 늦는 탓에 약속 시간은 겹치지 않았다. 먼저 B와 저녁을 먹은 후, 적당한 핑계로 집에 들어와 있다가 집 앞으로 온 A를 만나면 되었다.

괜히 분위기에 취해 밍기적거리다가 아마도 집 앞으로 나를 데려다줄 B와, 집 앞까지 나를 데리러 온다던 A가 정면으로 마주치는 꼴만 나지 않으면 되었다. 알 수 없는 스릴감이 느껴졌다.

호오, 뭔가 흥미로운 상황이야.

예상대로 B는 저녁을 먹으며 초콜릿을 내밀었다. 지금도 선명하게 기억난다. 정사각형 모양의 상자에 황금색 포장지. 예상 가능한 불상사를 피하기 위해 나는 예의 바르게 감사의 인사를 하고, 집에 가서 처리해야 할 일이 있다며 자리에서 일어났다.

계획은 무사했다. B는 나를 집 앞에 내려주고는 손을 흔들며 떠나갔고, 나는 부리나케 집으로 들어가 B에게서 받은 초콜릿을 던져놓고 단정하게 A를 기다렸다.

마침내 전화가 울렸다. 집 앞이야. A는 한 손에 초콜릿이 든 쇼핑백을 들고 가로등 불빛을 받으며 서성이고 있었다. 오늘 너무 바빠서 저녁시간에 가까운 백화점에 갔다 왔어. 쇼핑백에 선명한 백화점의 로고가 신경이 쓰였는지, A가 어색하게 말했다. 그때 A는 덩치만 큰 소년 같았다.

A와 긴 대화를 나누고, 늦은 밤이 되어서야 나는 '두 탕'을 뛴 피곤한 몸을 침대에 눕힐 수 있었다. 그리고 다음 날 아침, 무거운 몸을 일으켜 화장실로 가려는데 코에서 주르륵, 뜨거운 게 흘렀다. 코피였다.

하루에 두 남자와 데이트를 하는 일은 아무래도 나와 맞지 않는 일인 것 같다. 그것은 현재까지 나의 마지막 코피로 기록되고 있다. 나는 어지간하면 코피를 흘리지 않는 체질이니까.

그리고 머지않아 A도, B도 끝이 났다. 제대로 시작한 적도 없으니 사실 끝이랄 것도 없었다. 자연스럽게 멀어졌고, 한참 뒤 '어머나. 이 번호가 아직도 남아 있었네?' 새삼스레 놀라며 그들의 번호를 삭제했다. 그리고 그 밸런타인데이의 즈음에, 내가 몹시 허기져 있었구나 생각했다.

몸이 아니라 마음이 고팠던 밸런타인데이. 아닌 걸 알면서도, 둘 중 하나라도 건지면 다행이지, 했던 내 진짜 속마음. 사랑받고 싶었던 거다, 누구라도 좋으니. 바보 같은 생각이었다.

그러나 그런 식으로 사랑을 가질 수 없다는 것을 알면서도, 그만큼 나는 갈급했던 모양이다. 채워지지 못해서 더욱 비대해진 욕망이었다.

사실 나는 두 남자의 초콜릿을 단 한 개도 먹지 않았다. 말했듯이, 평소의 나는 단것을 좋아하지 않으니까.

그러니 어쩌면 '먹는다'는 것은 내 안의 욕망을 달래는 핵심적인 행위인지도 모르겠다. 그런 맥락에서 '잘 먹는 일'이 얼마나 중요한지도 알게 되었다.

얼마 전, 누군가와 함께 밥을 먹었다.

고맙게도, 그는 그 자리를 위해 맛집을 검색하고, 예약하고, 20분이나 먼저 와 자리에 앉아 나를 기다려주었다. 그의 노력에 부응하듯 음식은 맛있었고, 서빙은 친절했고, 대화는 즐거웠다.

그 다음 날까지 나는 내내 신이 나 있었다. 오늘 왜 이렇게 기분이 좋으세요? 주변의 의아한 얼굴을 대하고서야 알았다. 나는 어제의 식사로 여태 즐거웠다는 것을. 그건 그냥 어차피 먹을 하나의 끼니가 아니었다.

앞으로 한참 동안 그와 밥 먹을 일은 없겠지만, 당분간은 어제의 음식으로 행복할 수 있을 것 같다는 생각이 들었다.

좋은 사람과 맛있는 음식을 함께 먹는 일, 그만한 삶의 에너지원이 어디 있으랴.

행복

삐빅- 문자 알림음.

떠나기 전까지, 뭘 하면 행복할까요?

평소 진지하기로 타의 추종을 불허하는 후배 S였다. 얼마 전
다니던 직장을 그만두고 유학을 준비하는데, 여러 가지로 마음
이 싱숭생숭한 모양이었다. 그러더니 갑자기 이런 생뚱맞은 문
자를 보내온 거다. (사실 내가 보기에 S는 그냥 행복해도 되는데. 충
분히 그럴 만한데.)

답을 보냈다.

행복은 살다보면 자연스럽게 마주치는 어떤 순간들이지, 추구해야 할
목표는 아니라고 생각해.

한참 뒤, 그녀의 대답이 왔다.

오랫동안 내 문자를 들여다봤다고. 그러네, 행복이 목표일 필요가 없을 수도 있겠네, 생각했다고.

한때 '행복'이란 내 것이 아닌 단어 같다고 생각했었다. 행복은 감히 내가 탐할 수 없는 그 무엇이었다.

"너를 행복하게 해주고 싶어."

나를 몹시 아껴주던 대학 선배가 이런 말을 한 적이 있다. 내가 '사는 게 원래 이렇게 거지 같냐'며 한바탕 화를 내고 난 다음이었다. 그때 나는 거칠고 어렸다. 우리 앞에 놓인 테이블 위에는, 그곳에서 가장 싼 술(아마도 소주)과 가장 싼 안주(아마도 어묵탕)가 놓여 있었다.

선배는 나와 달리 너그럽고 어른스러운 사람이었는데, 벌어지는 모든 일을 곱게 받아들이지 못하는 나를 늘 안타까워했다.

그래도 그렇지. 행복하게 해주겠다니, 그건 오버였다. 나도 모르게 입가를 실룩여 냉소했다.

"형이 뭔데? 형이 무슨 힘으로 나를 행복하게 만들어?"

그날의 술자리가 어떻게 끝났는지는 기억에 없다. 다만 선배가 나를 참아주었다는 것은 분명하다. 그 뒤로도 그는 오랫동안 나를 챙겨주었으니까. 참 좋은 사람이었다.

지금 나는 그 시절이 행복했다는 생각을 한다. 너나 할 것 없이 가난했던 시절, 허름한 학교 앞 술집에서 가장 싼 안주를 먹어야 했던 그 시간들이.

함께 술을 마시며 '넌 요새 고민이 뭐냐?'고 물어봐주던 선배가 있었고, 깡술을 먹어도 다음 날 숙취 걱정 없이 가뿐하게 일어날 수 있는 체력이 있었고, 왜 인생이 나한테만 이토록 가혹한 거냐고 징징대고 나서도 창피할 필요 없는 젊음이라는 특권이 있었다.

내가 스스로 가장 불행했다 믿었던 시절을 행복했다 생각하는 때가 올 줄 미리 알았다면, 그 시절 그냥 행복할걸 그랬다.

확실히 행복은 객관보다는 주관 쪽에 서 있는 것이다.

그러니 행복은 누리는 자의 것이다.

…… 그 순간을 그냥 누리면 되는 것.

그의 집에서 팝콘을 안주 삼아 함께 맥주를 마셨다. 둘 다 한가했던 때였다. 맥주는 시원했고, 눅눅해지다 못해 질겨진 팝콘이 그렇게 고소할 수가 없었다.

우리는 두런두런 이야기를 나누었다. 그도 알고 나도 아는 사람들에 대한 이야기, 영화 이야기, 책 이야기……였겠지만, 정확한 내용은 하나도 기억이 안 난다. 그저 그 시간이 너무 평화로워서 비현실적이라고 느꼈다. 비현실적으로, 행복했다.

"행복하다, 그치!"

나도 모르게 탄성처럼 말해버렸다. 그 순간 나는 분명히 행복을 경험했다. 그때 행복은 100퍼센트 '내 것'이었다. 그렇게 최초로 행복을 자각했었다.

아침에 집을 나서는데 뺨에 와 닿는 바람이 바뀌었다.

어느새 시원한 바람. 이제 가을인가. 그 바람이 너무 좋아서, 신경 쓰지 않아도 차근차근 제 자리를 찾아오는 계절이 좋아서, 문득 행복하다, 생각했다.

지금 당장 내 손에 쥐어진 것은 없어도, 아직 내 사랑은 내 곁에 찾아오지 않았지만, 이 바람을 맞으며 걸을 수 있는 것만으로도 좋다, 행복하다, 그랬다.

행복은 이렇게 살아가다 문득 마주치는 어떤 순간에 있다.

그러니 행복을 잡으려 하는 것, 행복 속에 머무르려 하는 일은 부질없을 것이다.

우리가 할 수 있는 유일한 일은, 그저 그 안에 녹아드는 것, 그 순간을 향유하는 것.

그들, 사랑과 우정 사이

　로맨틱코미디 영화의 고전이라 할 만한 〈해리가 샐리를 만났을 때〉가 기억에 남기는 질문은 단 하나다.

　남자와 여자가 '친구'가 될 수 있나요?

　친구들과 진지하게 그에 대한 토론을 했던 적도 있다.

　답은 제각각이었는데, 재밌는 것은 모두 단호했다는 점. 평소에 우유부단하거나 조용한 성격의 친구들도 이 질문 앞에서만은 '그렇다/아니다'를 딱 잘라 말하는 게 신기했다. 평소에는 잘 사용하지 않던 '절대'라는 단어를 쉽게 입에 올리는 것도.

　남자와 여자가 '친구'가 될 수 있냐고?

　"안 될 게 뭐람."

그때 내 답은 이랬다.

어떤 드라마가 있었다.

여자는 남자를 오랫동안 짝사랑해 왔다. 아주 어렸을 때부터, 남자가 여자를 귀여운 꼬맹이 동생으로밖에 생각하지 않았을 무렵부터, 오직 그 남자만.

남자는 다른 여자를 사랑하게 되고, 여자는 질투심에 눈이 멀어 그 둘의 사랑을 방해하는 온갖 수를 다 쓴다. 둘 사이에서 거짓말을 하고 사건을 꾸미고 메시지를 가로채는, 온갖 유치한 방법을 다 동원하여.

드라마에 등장하는 전형적인 '악녀' 캐릭터다. 드라마의 핵심적인 갈등을 담당하고, 결국에는 자신의 악행에 대한 대가를 치르고 쓸쓸히 퇴장하는.

그날의 장면은 이러했다. 남자가 그동안 여자가 저질렀던 행동을 다 알게 되고(너 왜 이렇게 됐니, 너 이런 애 아니었잖아), 여자는 악에 받쳐 눈물을 흘리며 소리친다.

"나 예전부터 당신 좋아했어. 그런데 당신은 다른 여자를 사랑하잖아. 그 여자가 뭔데 당신을 가져? 당신을 이토록 오랫동안 사랑해 온 내가 있는데!"

남자는 깜짝 놀란다. 이 여자가 자신을 사랑해 왔다는 사실을 몰랐기 때문이다.

문득 나는 그 여자가 가여웠다. 아무것도 몰랐다는 듯, 눈을 크게 치켜뜨는 남자가 얄미웠다. 눈치도 없이, 남자는 정말 몰랐을까? 그럼 이렇게 멀쩡한 여자가, 사랑도 없이, 무슨 이유로 그동안 내내 자기 곁에 머물렀다고 생각했을까? 우정 때문에?

이 바보야, 단지 '우정' 때문에, 순수한 '친구'로서, 한 남자의 곁을 지키는 여자는 없어!

그렇게 혼자 남자의 무신경함에 분개하다가 나는 알았다.

나는, 남자와 여자는 친구가 될 수 없다고 믿는 사람이구나.

몇 년 전의 토론에서 내가 내어놓은 답('안 될 게 뭐람')과는 달리.

그새 우정이라는 방패 뒤에 숨겨진 가여운 사랑을 많이 보았기 때문에.

주변에 그런 모임이 하나 있다. 남자 둘, 여자 둘. 초등학교 때부터 우정을 이어온 둘도 없는 친구들. 그런데 가만히 들여다보면 미묘한 긴장 관계가 있다.

남자 중 한 명은 두 여자와 다른 시기에 잠시 사귀었던 적이 있다. 그중 한 여자는 결혼해 아이가 둘인데, 남편과의 사이는 썩 좋지 못하다. 다른 남자 한 명은 여자 중 한 명을 중학교 때부터 짝사랑해 왔다.

게다가 이 '오랜 친구들'은 그 역사를 모두 공유하고 있다. 그래서 심지어 "야, 너 얘가 너 옛날부터 좋아했던 거 알잖아. 웬만

하면 좀 받아줘라" 이런 말을 스스럼없이 던지기도 한다. 그만큼 자신들은 편한 친구 사이라는 거다.

그러나 제3자인 내가 보기에 그 모임은 친구로서, 우정으로써 유지되고 있지 않다. 적어도 한 명의 여자와 한 명의 남자는 모임 안의 누군가를 '너무 사랑'한다. 그러니까 '친구로라도' 그 사람 곁에 있고 싶은 이성 간의 사랑의 감정이 그 모임을 끌어가는 보이지 않는 힘이다. 그들이 제아무리 우리는 정말 산전수전 다 겪은 '그냥 친구'라고 강조한다고 해도 말이다.

그래서 어차피 애인이 못 될 거라면 차라리 친구라는, 계속 볼 수 있는 핑계거리라도 갖고 싶은 그 마음이, 나는 몹시 안쓰러웠다.

이렇게 친구라고 주장하는 남녀 사이에 이성간의 사랑의 감정이 깔려 있는 경우는 무척 흔하다.

적어도 둘 중 한 명은 사실 상대를 무지 사랑한다. 괜히 고백이라도 잘못 했다가 영영 못 보는 사이가 되는 것보다, 친구로라도 그 사람 곁에 남고 싶은 사람이 사랑하는 쪽이다.

사랑받는 쪽은 그 마음을 전혀 모르거나 살짝 눈치를 챘더라도 모른 척하게 마련이다. 굳이 그쪽이 감추는 감정을 들춰내서 좋을 게 없으니까.

누군가 그랬다. 남자와 여자가 친구가 될 수 있는 경우는 딱 두 가지라고. ① 아직 사랑하거나 ② 사랑한 적이 없거나. 이 말을 다르게 번역하면 이렇다. ① 사실은 '친구'가 아니거나 ② 서로에게 '남자'와 '여자'가 아니거나.

따라서 (지금, 나의) 결론은 다음과 같다.

남자와 여자는 친구가 될 수 없습니다. 땅! 땅! 땅!

국립중앙도서관 출판시도서목록(CIP)

저지르고 후회해도 결국엔 다 괜찮은 일들 / 지은이: 이소
연. — 고양 : 위즈덤하우스, 2014
p. ;   cm

ISBN 978-89-5913-850-0 03810 : ₩12800

한국 현대 문학[韓國現代文學]

818-KDC5
895.785-DDC21   CIP2014030885

저지르고 후회해도
결국엔 다 괜찮은 일들

초판 1쇄 인쇄 2014년 11월 4일
초판 1쇄 발행 2014년 11월 11일

지은이 이소연
펴낸이 연준혁

출판 6분사 분사장 이진영
편집장 정낙정
편집 박지수 최아영 **디자인** 김준영
제작 이재승

펴낸곳 (주)위즈덤하우스 **출판등록** 2000년 5월 23일 제13-1071호
주소 (410-380) 경기도 고양시 일산동구 정발산로 43-20 센트럴프라자 6층
전화 031)936-4000 **팩스** (031)903-3895
홈페이지 www.wisdomhouse.co.kr
종이 월드페이퍼 **인쇄 · 제본** (주)현문 **후가공** 이지앤비

값 12,800원 ISBN 978-89-5913-850-0 03810